Hochsensible Kinder,

ein hochsensibles Thema

1. Auflage

Der Autor wird vertreten durch

PMCE GmbH
Karl Marx Straße 119
14656 Brieselang

Covergestaltung:
Jana Schuhmann, https://schuhmannjana.wixsite.com/individualgraphics

Inhalt

Einleitung

Jeden Tag strömt eine Vielzahl von Reizen auf jeden von uns ein. Durch unsere Sinne nehmen wir diese auf und leiten sie an unser Gehirn weiter. Das Gehirn sortiert und verarbeitet diese Reize anschließend. Hochsensible Menschen reagieren auf Gerüche, Bilder, Geräusche, Geschmäcke und Berührungen jedoch stärker als normalsensible Menschen. Ihr Gehirn verarbeitet die einströmenden Reize intensiver und nimmt zudem deutlich mehr Reize auf.

Bei Kindern ist es in vielerlei Hinsicht bemerkbar, dass sie auf Reize stärker reagieren.

Oft gelten diese Kinder als ängstlich und schreckhaft, da Bahnhöfe, Stadtzentren oder die Sirene eines Rettungswagens sie gleichermaßen erschrecken können. Meist macht sich die

Hochsensibilität schon im frühen Kindesalter bemerkbar, das Kind ist irgendwie „anders". Es reagiert sensibler auf grelles Licht, Musik oder Berührungen. Beim Essen sind diese Kinder häufig wählerisch oder mögen nur ungern duschen oder baden, und sie sind leichter reizbar als gleichaltrige Kinder. Doch das ist nicht krankhaft, ein hochsensibles Kind, kurz HSK, ist lediglich empfänglicher für innere und äußere Reize als ein normalsensibles Kind. Es ist allerdings häufig der Fall, dass hochsensible Kinder als eigenartig oder schlicht als „zu empfindlich" gelten und schnell gescholten werden, obwohl ihr Verhalten für sie das einzig Richtige ist und sie gar nicht anders können.

Begriffserklärung

Wie das Konzept der Hochsensibilität entstand und was es bedeutet, hochsensibel zu sein

Im Jahr 1997 hat die US-amerikanische Psychologin Elaine N. Aron den Begriff „High Sensitivity", (Hochsensibilität) erstmalig etabliert. Laut Aron verfügen hochsensible Personen (Highly Sensitive Person, HSP) über ein empfindlicheres Nervensystem als andere und über eine komplexe Informationsverarbeitung. Sie sind daher schneller erregbar, deutlich schneller von Reizen überflutet und benötigen mehr Pausen. Doch sie können Feines genießen und haben Sinn für Ästhetik, Musik, Natur und Kunst. Etwa 15 bis 20 Prozent aller Kinder und Erwachsenen sind von

Hochsensibilität betroffen, vermutlich gibt es eine hohe Dunkelziffer. Gerade bei Erwachsenen wurde Hochsensibilität oft nicht als etwas Normales angesehen, was viele Menschen betrifft, sondern als eine Art Schwäche, die ihnen ausgetrieben werden sollte. Man geht davon aus, dass 70 Prozent aller Hochsensiblen introvertiert und 30 Prozent von ihnen extrovertiert sind. Damit kann der Mythos, dass alle hochsensible Menschen schüchtern und in sich gekehrt seien, nicht bestätigt werden.

Der Begriff „Sensibilität" hat allerdings für viele Menschen einen negativen Beigeschmack und wird mit Weichheit, Schwäche oder übertriebener Empfindlichkeit gleichgesetzt. In der Psychologie meint man mit Sensibilität jedoch eine höhere Empfindsamkeit. Diese Empfindsamkeit bezieht sich auf die Wahrnehmung von Sinnesreizen, Gedanken und Gefühlen sowie Stimmungen. Das Temperament des Kindes, Jugendlichen und Erwachsenen spielt hierbei eine wichtige Rolle. Sensibilität ist also ein Charaktermerkmal. Und Charaktermerkmale sind nun einmal je nach Person unterschiedlich ausgeprägt. Hochempfindsamkeit ist daher lediglich ein anderes Wort für Hochsensibilität. Das Nervensystem von hochsensiblen Kindern und Erwachsenen ist leichter erregbar und ihr Gehirn verfügt über eine komplexere Informationsverarbeitung. Hochsensible Kinder werden oft als intuitiv, mitfühlend, umsichtig, gewissenhaft und klug wahrgenommen.

Das Konzept der Hochsensibilität erfährt noch immer zu wenig Akzeptanz, sogar oft von Erziehern, Ärzten und Psychologen.

Hochsensibilität beschreibt, anders als häufig angenommen, keine Störung und keine Krankheit oder gar eine Art Trend. Es handelt sich stattdessen um ein spezielles Charaktermerkmal. Leider ist beim Hören dieses Begriffs der Gedanke an einen Trend, bei dem plötzlich jeder mitmachen muss, vorherrschend, und Hochsensibilität wird daher von vielen abgewertet oder nicht ernst genommen. Es gehört sich scheinbar nicht, so sensibel zu sein oder überhaupt sensibler zu sein als andere Menschen. Meist wird Hochsensibilität nicht sofort erkannt, stattdessen vermutet man, dass hinter der hohen Sensibilität Gehemmtheit, Ängstlichkeit, eine soziale Phobie oder Autismus (Asperger-Syndrom) stecken. Zwar können hochsensible Menschen ein höheres Risiko haben, an psychischen und mitunter auch physischen Krankheiten zu leiden, nicht zuletzt, weil das hochsensible Frühwarnsystem Schmerzen und Empfindungen eher wahrnimmt. Doch es kommt stark darauf an, wie das Umfeld mit der Hochsensibilität umgeht. Nicht automatisch erkranken hochsensible Menschen also stärker oder häufiger an psychischen Krankheiten, als es bei Menschen mit einer normalen Sensibilität der Fall ist.

Hier sei noch einmal gesagt, dass Hochsensibilität keine Störung wie beispielsweise eine Entwicklungsstörung ist, sondern ein Temperamentsmerkmal. Aron fand jedoch heraus, dass sich unter den erforschten hochsensiblen Personen auch einige zugleich neurotische Personen befanden. Wer unter schwierigen Bedingungen aufwächst, ist eher anfällig für Ängste und Depressionen. Menschen, die auf der HSP-Skala eine hohe Punktzahl erzielen und zugleich eine problematische Kindheit hatten, sind im Erwachsenenalter eher neurotisch. Das bedeutet folglich, dass die Gefahr von Neurosen und psychischen Krankheiten gerade bei hochsensiblen Kindern ohne Unterstützung oder aus schwierigen Lebensverhältnissen besonders hoch ist. Ein Grund mehr, die Kinder schon frühzeitig zu unterstützen und sich bei entsprechenden Anzeichen mit dem Thema „Hochsensibilität" auseinanderzusetzen.

Insbesondere bei hochsensiblen Kindern kann die Hochsensibilität zunächst herausfordernd sein, denn sie verstehen oftmals noch nicht, warum sie anders reagieren als andere Kinder. Sie benötigen wertschätzende Bezugspersonen, die sie spiegeln und ihnen immer wieder versichern, dass sie absolut in Ordnung sind. Hochsensibilität umfasst viele Stärken, doch bleibt die Hochsensibilität unerkannt, kann das entsprechende Temperament als Schwäche oder Störung empfunden werden. Umso wichtiger ist es, dass die Eltern ihre hochsensiblen Kinder so annehmen, wie sie sind. Sie sollten nicht versuchen, ihr Kind zu „desensibilisieren" und auf „normal" umzuerziehen. Damit hochsensible Kinder sich mit ihrem Temperament annehmen können, ist es also von größter Bedeutung, dass die Eltern sie so wertschätzen, wie sie sind. Die Veranlagung anzunehmen ist demnach das Beste, was man tun kann. Alle Versuche, die Hochsensibilität mit teilweise drastischen Methoden zu verdrängen, sind zweifellos zum Scheitern verurteilt und können zusätzliche schwere Folgen für das Kind haben.

Ist Hochsensibilität angeboren?

Aron zufolge ist die Hochsensibilität angeboren. Das Charaktermerkmal kann (aber muss nicht) vererbt werden. Es kann also in einer Familie sowohl hochsensible als auch normalsensible Kinder geben. Häufig ist ein Elternteil ebenso hochsensibel, in den meisten Fällen wird die hohe Sensibilität demnach vererbt. Hierbei ist zu beachten, dass aufgrund der hohen Dunkelziffer gerade bei Erwachsenen oft gar nicht klar ist, dass ein Elternteil hochsensibel ist. Falls ein Elternteil aber weiß, dass eine Hochsensibilität vorliegt, ist es wichtig zu erkennen, dass das Kind diese eventuell ebenfalls aufweisen könnte.

In der Persönlichkeitspsychologie geht man davon aus, dass Hochsensibilität ebenfalls erworben werden kann, zum Beispiel durch traumatische Erlebnisse. Dennoch unterscheidet sich eine erworbene Sensibilität von der angeborenen Hochsensibilität, es gibt dabei sogar recht deutliche Unterschiede. Es ist jedoch ebenso möglich, dass sowohl eine Traumatisierung als auch Hochsensibilität gleichzeitig vorliegen. Das bedeutet,

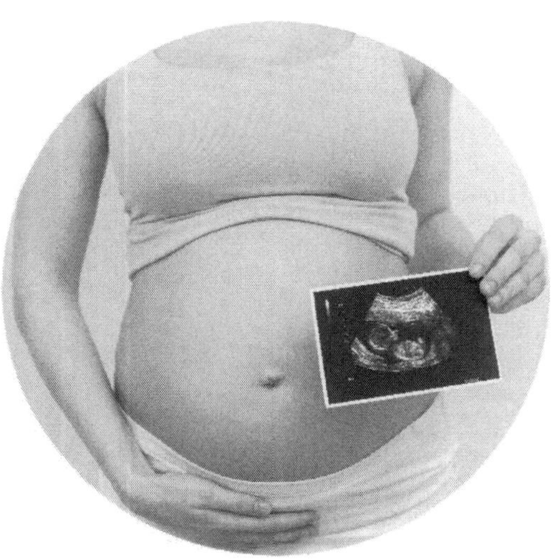

dass die Hochsensibilität von Geburt an vorlag und eine spätere Traumatisierung hinzukam, die dann die Empfindsamkeit noch weiter verschärft.

Für eine bessere Unterscheidung finden Sie hier einige Merkmale von angeborener Hochsensibilität im Vergleich zu traumabedingter Hochsensibilität:

Merkmale einer angeborenen Hochsensibilität	**Merkmale einer erworbenen Hochsensibilität durch Traum**
Die Person genießt intensiven Kontakt zu anderen Personen. Sie benötigt aber auch viel Zeit für sich selbst.	*Eine traumatisierte Person vermeidet das Alleinsein lieber, oder aber sie meidet den Kontakt zu anderen Menschen. Sie fühlt sich mitunter sogar inmitten von Menschen einsam.*
Hochsensible Personen sind sehr empathisch und neigen eher zur Verteidigung von Menschen/ Lebewesen, die ungerecht behandelt werden.	*Traumatisierte Menschen sind oft eher egozentrisch-empathisch. Sie neigen zu Streitigkeiten und können körperlich ausfallend werden oder aber erstarren.*
Sie genießen starke Gefühle, Musik, Kunst und Natur.	*Sie können starke Gefühle nur schwer aushalten.*
Hochsensible Personen brauchen viel Schlaf, um alle Reize zu verarbeiten, und	*Traumatisierte Menschen leiden oftmals unter Ein- und Durchschlafstörungen.*

schlafen oft acht bis zehn Stunden.	
Diese Personen gelangen meist schnell in die Entspannung. Hochsensible Personen bevorzugen einen strukturierten Tag mit genügend Pausen.	*Sie sind körperlich oft unruhig und finden nur schwer in die Entspannung. Sie neigen oftmals zu Verspannungen.*
Hochsensible Personen sind in Beziehungen manchmal sehr naiv. Sie glauben an das Gute im Menschen.	*Traumatisierte sind tendenziell misstrauisch gegenüber anderen Menschen.*
Sie haben oft ein gutes Erinnerungsvermögen.	*Sie können sich meist nur an wenige Dinge aus der Kindheit und der Vergangenheit erinnern.*
Hochsensible Personen meiden häufig Alkohol, Koffein und Medikamente.	*Sie neigen dazu, sich mit Alkohol oder Medikamenten beruhigen zu wollen.*
Sie sind oft sehr naturverbunden und spirituell.	*Sie interessieren sich oftmals eher für Esoterik und können sehr dogmatisch sein.*
Hochsensible Personen verfügen oftmals über ein gutes Körpergefühl.	*Traumatisierten Personen fällt es häufig schwer, den eigenen Körper „richtig“ wahrzunehmen.*
Sie führen einige wenige, dafür enge Beziehungen, auch über große Distanzen.	*Sie geraten häufiger an Narzissten.*

Obwohl etwa 20 Prozent der Bevölkerung hochsensibel sind, wissen viele Personen nichts von ihrem Temperamentsmerkmal. Sie halten ihre hohe Sensibilität für eine Schwäche und empfinden die hiermit einhergehenden Eigenschaften als Belastung. Da unerkannte hochsensible Personen dazu neigen, alle Empfindungen um sie herum wie ein Schwamm aufzusaugen, sind sie leicht überfordert. Aufgrund der Überforderung und schnellen Reizüberflutung leben einige Hochsensible dann oftmals sehr zurückgezogen. Manche hochsensiblen Personen begeben sich erstmal (für einen längeren Zeitraum) in Therapie, bis die Hochsensibilität schließlich entdeckt wird.

Wird jedoch erkannt, dass es sich keinesfalls um eine Störung oder Krankheit handelt, empfinden viele Hochsensible dies als erleichternd und befreiend: *Das Kind bekommt einen Namen.* Wer sich mit den Schwächen und Stärken der Hochsensibilität auskennt und sie annehmen kann, für den ist das Charaktermerkmal oft etwas, was man positiv nutzen kann, zum Beispiel in Form von Kreativität oder durch das Annehmen eines Berufs in der Gesundheitsbranche, in der eine hohe Empathie benötigt wird. Empfindsame Menschen sind zwar schneller reizüberflutet, profitieren aber zugleich mehr von positiven Reizen. Hochsensible Personen achten zum Beispiel mehr auf Details. Durch die gründliche Verarbeitung von Informationen lassen sie sich länger Zeit bei der Bewertung, was in vielen Situationen nützlich sein kann. Durch die Kenntnis und Annahme der eigenen Hochsensibilität ist es für sie leichter zu akzeptieren, dass man nicht mit jedem mithalten muss. Das gibt ihnen des Weiteren die Chance, im eigenen Tempo zu leben.

Wie entsteht Hochsensibilität?

Die Ursachen für Hochsensibilität liegen darin begründet, dass durch bestimmte Vernetzungen im Gehirn Hochsensible sehr viele Reize gleichzeitig aufnehmen können. Zudem werden die aufgenommen Informationen im hochsensiblen Gehirn besonders gründlich verarbeitet. Darüber hinaus geht man davon aus, dass das Gehirn hochsensibler Personen mehr Reize als bedeutsam einstuft. Diese gelangen somit in ihr Bewusstsein, während das Gehirn von Normalsensiblen die Reize als unwichtig einstuft und vorher „aussortiert".

Hochsensible Kinder zeigen in der Regel bereits als Babys typische Anzeichen. Wenn es das erste Kind ist, haben die Eltern zwar noch keine Vergleichsmöglichkeiten. Doch spätestens im Vergleich zu gleichaltrigen Kindern zeigen sich erste Unterschiede. Nicht selten suchen hochsensible Kinder eher die Nähe zu ihren Bezugspersonen, insbesondere zur Mutter. Sie haben oft Schwierigkeiten beim Ein- und Durchschlafen und eher Albträume als andere Kinder. Häufig zeigen sie zudem ein anderes Essverhalten und reagieren sensibler beim Baden, Anziehen oder in Bezug auf Veränderungen. Viele erwachsene Hochsensible berichten, dass sie sich als Kinder unverstanden und „anders" fühlten, wie als sprächen sie eine andere Sprache. Hochsensibilität kann man nicht abgewöhnen, doch man kann lernen, einen guten Umgang mit dem Charaktermerkmal zu finden. Dabei ist zu beachten, dass hochsensible Kinder nicht verrückt oder krank sind, sie nehmen einfach nur anders wahr. Ihre Sinneswahrnehmung unterscheidet sich dabei ganz deutlich von der Wahrnehmung, die bei anderen Kindern zu beobachten ist.

Feinfühligkeit kann sich allerdings minimieren, wenn die hochsensiblen Kinder in einer Großfamilie aufwachsen, in der es keinen Raum für Sensibilität gab, vor allem aber, wenn die hochsensiblen Kinder von der Familie, Freunden oder in der Schule dazu gedrängt wurden, weniger ängstlich und empfindlich zu sein. Dann werden sie sich ihrer Feinfühligkeit gegenüber verschließen, früher oder später wird dies jedoch meist zu psychischen Erkrankungen wie Depressionen und Angststörungen führen. Hochsensible Kinder können mittels eines Fragebogens erkannt werden. Im zweiten Kapitel finden Sie einen Test für die vorläufige Einschätzung, ob Ihr Kind hochsensibel ist.

Stellt sich heraus, dass Ihr Kind hochsensibel ist, dann unterstützen Sie es, indem Sie ihm Sicherheit vermitteln, anstatt ihm die Hochsensibilität abtrainieren zu wollen. Sprechen Sie feinfühlig mit Ihrem Kind, zeigen Sie eine offene und willkommene Haltung und geben Sie ihm auch körperlich Geborgenheit und Wertschätzung. Nehmen Sie Ihr Kind an, wie es ist, unterstützen Sie es bei einer vorhandenen Hochsensibilität und erkennen Sie die positiven Seiten seiner höheren Empfindsamkeit. In diesem Ratgeber erfahren Sie nicht nur, was sich hinter der Hochsensibilität verbirgt, sondern auch, wie Sie Ihr Kind oder Ihre Kinder optimal unterstützen können, wenn dieses Charaktermerkmal bei ihnen vorhanden ist.

Eines steht fest: Je größer die Unterstützung ist, desto leichter wird es Ihr hochsensibles Kind haben. Damit wünsche ich Ihnen schon jetzt viele hilfreiche Erkenntnisse sowie viel Geduld und Verständnis beim Umgang mit Ihrem hochsensiblen Kind.

Hochsensibilität

bei Kindern erkennen

Es gibt zahlreiche Eigenschaften und Merkmale, die auf Hochsensibilität bei Kindern hinweisen. Bei der Betrachtung der hochsensiblen Eigenschaften sollte man sich jedoch darüber im Klaren sein, dass nicht jedes Merkmal auf jedes hochsensible Kind zutrifft. Die persönlichen Eigenschaften des hochsensiblen Kindes oder Erwachsenen können sich in unterschiedlich starken Ausprägungen und Zusammensetzungen zeigen. Es gibt also nicht das *eine* typisch hochsensible Kind. Wie hochsensible Erwachsene können hochsensible Kinder sowohl introvertiert als auch extrovertiert sein. Der Anteil introvertierter hochsensibler Kinder und Erwachsener ist allerdings höher als der Anteil extrovertierter hochsensibler Personen. Man geht wie gesagt davon aus, dass 70 Prozent aller hochsensiblen Menschen introvertiert sind. Eigentlich sind die hochsensiblen Extrovertierten sogar ambivertiert oder zentrovertiert. Das bedeutet, dass sie sowohl introvertierte als auch extrovertierte Anteile besitzen.

Wenn ein Kind extrovertiert ist und nicht ständig unsichtbar bleiben will, heißt das noch nicht, dass eine Hochsensibilität ausgeschlossen ist. Jeder Charakter ist schließlich anders, und daher ist es so entscheidend zu wissen, dass selbst extrovertierte Kinder durchaus hochsensibel sein können – wobei die Wahrscheinlichkeit aufgrund der genannten Zahlen bei introvertierten Kindern dafür größer ist. Wenn Ihr Kind introvertiert ist, besteht damit eine höhere Möglichkeit der Hochsensibilität.

Es ist in diesem Zusammenhang noch einmal zu betonen, dass Hochsensibilität keine Krankheit darstellt, selbst wenn dies häufig angenommen und entsprechend dargestellt wird. Es handelt sich stattdessen um eine Charakterausprägung. Hochsensible Merkmale sind demnach ebenso wenig Symptome oder Krankheitsanzeichen, die behandelt werden müssten. Das sollte Ihnen unbedingt bewusst sein, da bei dem Versuch, die jeweiligen Symptome zu behandeln, oft nur Schäden entstehen oder das Kind verstört wird.

Hochsensible Kinder benötigen allerdings oft eine andere Aufmerksamkeit als jene, die in allgemeinen Erziehungsratgebern empfohlen wird. Sie benötigen Schutz vor extremen Reizen und sie brauchen Bezugspersonen, die ihre Gefühle achten und Rücksicht auf die speziellen Bedürfnisse und Gefühle der Kinder nehmen. Hochsensible Kinder brauchen mehr Ruhepausen und Rückzugsmöglichkeiten als normalsensible Kinder. Zwingen Sie ein hochsensibles Kind nicht dazu, mit anderen Kindern zu spielen oder vor einer Gruppe zu sprechen, wenn es das nicht möchte. Manchmal werden Eltern solche Maßnahmen empfohlen, um ihrem Kind die Schüchternheit oder soziale Ängste „abzutrainieren". Für ein hochsensibles Kind wird dies jedoch enormen Stress bedeuten. Empfehlenswert ist ein solches Verhalten daher nicht. Zum Glück sind diese Erziehungsmethoden mittlerweile auch nicht mehr so üblich, wie es früher noch der Fall war.

Dass hochsensible Kinder die Dinge vorsichtiger angehen, liegt in ihrer Natur, es ist keineswegs krankhaft. Hochsensible Kinder benötigen etwas mehr Zeit, um sich in Gruppen zu integrieren, sie beobachten andere Kinder erst eine ganze Weile, bevor sie sich „unters Volk mischen". Für ein hochsensibles Kind ist es außerdem nicht ungewöhnlich, dass es sich gern allein beschäftigt. Kindergruppen und Menschengruppen können es schnell überfordern. Es braucht dann etwas Ruhe und Zeit, um neue Energie zu tanken. Zwingt man ein hochsensibles Kind in eine Gruppe, die es überfordert, dann wird dieses Kind darauf gestresst, gereizt und vielleicht sogar aggressiv reagieren. Doch dies ist kein ungezogenes Verhalten, es ist das schnell reizbare Nervensystem des Kindes, welches es selbst nicht willentlich beeinflussen

kann. Hochsensibilität muss somit als ein angeborenes Temperamentsmerkmal und eine Veranlagung gesehen werden. Bereits bei Babys und im Kindesalter zeigen sich entsprechende Eigenschaften. Sie werden nur nicht immer oder noch immer nicht erkannt.

Wichtig zu wissen bezüglich der Merkmale hochsensibler Menschen ist noch, dass nicht jede Person die eigene Hochsensibilität gleich empfinden wird wie andere Personen. So kann es sein, dass ein hochsensibles Kind, welches in einem liebevollen Umfeld lebt, das seine Besonderheiten respektiert, nur wenige Schwierigkeiten hat. Ein anderes hochsensibles Kind, dessen Hochsensibilität nicht erkannt und verstanden wird, hat höchstwahrscheinlich deutlich mehr Schwierigkeiten und Probleme im Alltag, im Kindergarten und in der Schule. Der richtige Umgang mit dieser Charaktereigenschaft macht daher einen deutlichen Unterschied aus.

Die häufigsten Merkmale und Eigenschaften, die auf Hochsensibilität hinweisen, sind die folgenden:

ausgeprägte Fantasie

erhöhte Schmerzempfindlichkeit

detaillierte Wahrnehmung

gutes Langzeitgedächtnis

reiches Innenleben und vielschichtige Gedankengänge

große Begeisterungsfähigkeit

psychosoziale Feinwahrnehmung

hohe Eigenverantwortung, bevorzugt Unabhängigkeit

leicht beinflussbar durch die Stimmungen und Empfindungen anderer Personen

hohe Empathie, starkes Einfühlungsvermögen

intuitives Denken

Probleme mit starren Strukturen

hohes Bedürfnis nach Harmonie

ausgeprägter Gerechtigkeitssinn

Musik, Kunst und Natur werden sehr intensiv erlebt

perfektionistisch

langer emotionaler Nachklang des Erlebten

hohe Selbstreflexion

empfindlich bei körperlichem und psychischem Druck, bei Wärme und Kälte

Trotz zahlreicher Forschungen wird die Hochsensibilität heute noch teilweise belächelt oder als Modekrankheit abgetan. Dabei erkannte Iwan Pawlow das Phänomen bereits im letzten Jahrhundert. Zwar nannte er dieses noch nicht „Hochsensibilität", fand jedoch heraus, dass 15 bis 20 Prozent der Bevölkerung ein sensibleres Nervensystem als der Rest der Bevölkerung besitzen.

Zudem stellte er fest, dass die Gruppe mit dem sensibleren Nervensystem auf starke Stimuli deutlich früher gestresst reagiert als die übrigen 80 bis 85 Prozent. Neuere Forschungen gehen inzwischen davon aus, dass höchstens 5 bis 10 Prozent aller Menschen hochsensibel sind. Hierbei ist der Anteil hochsensibler Männer und Frauen ungefähr gleich. Bei einem solchen Anteil an hochsensiblen Menschen in der Gesellschaft kann daher beim besten Willen nicht von einer „Modekrankheit" gesprochen werden.

Ist ein Elternteil hochsensibel, kann es sein, dass auch ein oder mehrere der eigenen Kinder hochsensibel sind. Das Charaktermerkmal ist wie gesagt vererbbar. Die Hochsensibilität kann aber genauso gut Generationen überspringen und sich erst bei den Enkeln oder Urenkeln zeigen. Hochsensibilität ist demnach angeboren, man ist entweder hochsensibel oder nicht. Treten hochsensible Merkmale erst zu einer späteren Zeit auf, können diese auf eine Traumatisierung oder eine Erkrankung hinweisen. Man spricht dann von der sogenannten „erworbenen Hochsensibilität". Laut Elaine Aron, die als Pionierin auf dem Gebiet der Hochsensibilität gilt, kann Hochsensibilität allerdings Schüchternheit, Introversion und Neurotizismus begünstigen. Die Ablehnung der hochsensiblen Eigenschaften durch das Umfeld wie auch durch den Betroffenen selbst kann zu psychischen und physischen Erkrankungen führen.

Elaine Aron, die selbst hochsensibel ist, nannte vier Hauptmerkmale, die eine Hochsensibilität charakterisieren:

Tiefe und gründliche Informationsverarbeitung

Hochsensible Menschen denken lange über tiefgründige Themen nach, zum Beispiel über den Sinn des Lebens oder über Werte und Ethik. Aber sie denken ebenfalls lange über alltägliche Ereignisse nach. Bei Kindern kann sich dieses Merkmal durch einen großen Wissensdurst äußern. Sie stellen viele tiefsinnige Fragen und werden von ihrem Umfeld mitunter als altklug wahrgenommen. Man sagt hochsensiblen Kindern und oft auch hochsensiblen Erwachsenen nach, dass sie langsamer denken würden, doch das entspricht nicht den Tatsachen. Es ist vielmehr so, dass Hochsensible auf mehreren Ebenen gleichzeitig denken. Sie berücksichtigen deutlich mehr Faktoren als andere Menschen, und dieses Denken braucht natürlich Zeit. Hochsensible Kinder und Erwachsene benötigen daher oft deutlich mehr Zeit, um Entscheidungen zu treffen. Sie wägen sehr gründlich ab und wollen alle Seiten berücksichtigen. Hochsensible sind sehr reflektiert, sie beziehen sowohl ihre eigenen gemachten Erfahrungen als auch lang- und kurzfristige Auswirkungen in ihre Überlegungen mit ein. Sie nehmen die Welt viel differenzierter wahr als normalsensible Menschen.

Leicht erregbares Nervensystem und Reizoffenheit

Ein weiteres, sehr bedeutendes Merkmal hochsensibler Personen ist, dass ihr Nervensystem schnell gereizt und viel leichter überreizt ist als bei normalsensiblen Menschen. Sie besitzen ausgesprochen „feine Antennen" und reagieren viel intensiver auf Sinneseindrücke jeglicher Art. Hochsensible Menschen geraten daher schneller in einen Zustand der Reizüberflutung. Eine Überreizung kann allerdings negative Folgen wie starken Stress, Vergesslichkeit, Konzentrationsschwierigkeiten und sogar Aggression nach sich ziehen. Bei Kindern und Babys zeigt sich Reizüberflutung vor allem durch Weinen, schlechte Laune oder Schlafprobleme.

Halten die Reizüberflutungen über einen langen Zeitraum an, dann leiden Hochsensible nicht selten unter Verspannungen, Bluthochdruck, Schmerzen und Erschöpfung. Wiederkehrende Reizüberflutungen begünstigen leider unterschiedlichste Krankheiten wie Tinnitus und Depressionen sowie Erschöpfungszustände. Allerdings ist es so, dass sich unser vegetatives Nervensystem nicht durch unser Bewusstsein beeinflussen lässt. Wenn Sie einem hochsensiblen Kind sagen, dass es sich „nicht so anstellen" und weniger empfindlich sein solle, bewirkt dies lediglich, dass das Kind sich nicht verstanden fühlt – zu Recht. Die ständige Reizüberflutung, die heutzutage im Alltag vorhanden ist, wirkt sich daher vor allem auf hochsensible Menschen negativ aus. Wie zuvor dargestellt kann es sogar passieren, dass Krankheiten die Folge sind, wenn hochsensible Menschen immer wieder oder dauerhaft einer Reizüberflutung ausgesetzt sind.

Bei hochsensiblen Menschen befindet sich eine höhere Konzentration des Neurotransmitters Noradrenalin im Blut. Dies ist auch der Grund für ihre hohe Aufmerksamkeit und besonders intensive Verarbeitung von Sinneseindrücken. Hochsensible Menschen erkennen aufgrund ihres sensiblen Nervensystems Gefahren schneller als andere. Sie nehmen einerseits mehr Reize gleichzeitig wahr und andererseits ist die Gehirnregion für die Unterdrückung unwichtiger Reize weniger aktiv. Man hat ebenfalls festgestellt, dass der Reizfilter von Hochsensiblen schwächer ausgeprägt ist. Das bedeutet, dass sie deutlich mehr Reize wahrnehmen und es ihnen schwerfällt, wichtige von weniger wichtigen Informationen zu trennen. Hochsensible reagieren dadurch schneller mit Stress und empfinden bestimmte Situationen eher als belastend als Normalsensible. Sie bevorzugen reizarme Umgebungen und können mit Zeitdruck schwer umgehen. Dadurch, dass sie Stress schneller erkennen, können sie sich aber oftmals auch besser schützen als normalsensible Personen, bevor es zu Problemen oder Erkrankungen kommt.

Bunte und intensive *Gefühlswelt* *hohe Emotionalität und Empathie*

Hochsensible Menschen verfügen meist über eine hohe emotionale und soziale Intelligenz. Schon bei jüngeren Kindern macht sich dies bemerkbar, sie können die Gefühle anderer gut einschätzen und wahrnehmen. Hochsensible Kinder sind daher sehr empathisch und erspüren, wie es ihren Bezugspersonen geht. Auf Streit, Schimpfen oder Ungerechtigkeiten reagieren sie besonders sensibel. Hochsensible Kinder können gut zuhören und nehmen Rücksicht auf andere Personen, sie achten darauf, niemanden zu unterbrechen. Die stark ausgeprägte Empathie wird meist schnell entdeckt und ist selbst bei jüngeren Kindern schon sehr auffällig.

Dass hochsensible Menschen als Mimose wahrgenommen werden, liegt daran, dass sie die Erlebnisse um sich herum deutlich intensiver und emotionaler empfinden als ihre Mitmenschen. Sie erleben eine breite Palette an Gefühlen wie Schuld, Scham, Mitgefühl und Ängste besonders intensiv. Außerdem sind sie schneller zu Tränen gerührt, durch freudige, schlimme, überfordernde oder überraschende Erlebnisse, und es fällt ihnen leicht, ihre Gefühle benennen. Das kann manchmal jedoch Zeit brauchen, wenn sie gerade sehr viele Gefühle auf einmal spüren. Eine große Stärke hochsensibler Personen ist ihr ausgeprägtes Mitgefühl. Es ist ihnen wichtig, im Blick zu behalten, wie es anderen Menschen geht. Dabei vergessen sie sich allerdings manchmal selbst. Sie lassen sich von den Gefühlen anderer leicht anstecken, und sich abzugrenzen fällt ihnen schwer. Dann wird aus dem Mitgefühl energieraubendes Mitleid.

Hohe sensorische Empfindsamkeit

Intensive Wahrnehmung mit allen Sinnen

Das vierte Merkmal der Hochsensibilität ist laut Aron die hohe sensorische Empfindsamkeit. Hochsensible haben eine besonders feine und empfindliche Wahrnehmung auf allen Sinneskanälen. Sie riechen, fühlen, hören, schmecken und sehen intensiv und reagieren schon auf leichte Reize. Hochsensible Menschen nehmen beispielsweise Gerüche schneller und intensiver wahr. Ein aufdringliches Parfum kann bei ihnen beispielsweise Konzentrationsprobleme verursachen. Dadurch, dass Hochsensible mit allen Sinnen intensiv wahrnehmen, können sie aber zugleich mehr genießen, wenn sie sich mit ihrer Hochsensibilität angefreundet haben. Der hochsensible Mensch ist leider anfälliger für

Kontaktallergien und reagiert empfindlicher auf Medikamente, Koffein oder scharfe Gewürze. Hochsensible verfügen zudem über eine niedrige Schmerzschwelle. Dies zeigt sich beispielweise beim Zahnarzt oder beim Entstehen von Verletzungen. Auch reagieren sie empfindlicher auf starke Hitze oder Kälte. Hochsensible Kinder habe oftmals Probleme, wenn es um das Haarewaschen, Haareschneiden, Baden oder Zähneputzen geht. Für sie kann bereits eine Zahnpasta zu scharf sein, weshalb sie das Zähneputzen dann verweigern, oder das Badewasser ist ihnen zu heiß. Dies sind keine Zeichen für Ungehorsam an sich, sondern für das Empfinden unangenehmer Gefühle sowie für eine höhere Schmerzempfindlichkeit.

Wie zuvor vorgestellt zeichnet sich die Hochsensibilität häufig schon früh ab und ist durch verschiedene Verhaltensformen schnell erkennbar. Das ist jedoch nicht immer der Fall, und da jedes Kind aufgrund seines Charakters anders ist und sich die Hochsensibilität entsprechend auf unterschiedliche Weise zeigt, ist ein weiterer Blick auf die Merkmale der Hochsensibilität notwendig. Im nächsten Kapitel finden Sie passend dazu einen umfangreichen Test, mit Hilfe dessen Sie nachprüfen können, ob Ihr Kind hochsensibel ist oder nicht. Es hilft nicht nur Erwachsenen, sondern auch Kindern, wenn die eigene Besonderheit beim Namen genannt wird. Das macht sowohl die Akzeptanz als auch den Umgang mit der Hochsensibilität leichter. Außerdem können Sie nach diesem Test bestätigen, ob Ihr Kind hochsensibel ist oder nicht, und Sie lernen als Eltern, verständnisvoll auf die sensible Art Ihres Kindes zu reagieren.

Test

Ist mein Kind hochsensibel?

Um herauszufinden, ob Ihr Kind hochsensibel ist, kann der folgende Test eine erste Einschätzung liefern. Kreuzen Sie alle zutreffenden Eigenschaften an und zählen Sie am Schluss alle Kreuze zusammen. Alternativ können Sie sich einen Zettel zur Hand nehmen und für jede zutreffende Eigenschaft einen Strich setzen. Machen Sie auch dann ein Kreuz beziehungsweise einen Strich, wenn die Eigenschaften zwar nicht immer, aber überwiegend zutreffend sind. Je mehr Kreuze oder Striche Sie erhalten, desto größer ist die Wahrscheinlichkeit, dass Ihr Kind tatsächlich hochsensibel ist.

A. Hochsensible Kinder denken vielschichtig und gründlich.

Das Denken hochsensibler Kinder verläuft auf mehreren Ebenen. Sie interessieren sich für zahlreiche unterschiedliche Themen, stellen viele Frage und möchten die Zusammenhänge verstehen. Beim Treffen von Entscheidungen benötigen sie oftmals viel Zeit.

- ☐ *Interessiert Ihr Kind sich für größere Zusammenhänge?*
- ☐ *Stellt es tiefgreifende Fragen und/oder altkluge Fragen und beschäftigt sich mit altersuntypischen Themen wie Leben, Tod, Religion und Natur?*
- ☐ *Ist Ihr Kind sehr kreativ und fantasievoll?*
- ☐ *Hat Ihr Kind einen großen Wissensdurst?*
- ☐ *Benötigt Ihr Kind mehr Zeit als andere Kinder, um Entscheidungen zu treffen, da es seine Entscheidung gründlich abwägt?*
- ☐ *Wird Ihr Kind von seinem Umfeld als reif und vernünftig empfunden?*
- ☐ *Kann Ihr Kind sehr tief in unterschiedliche Themen eintauchen?*

B. Hochsensible Kinder sind reizoffen und nehmen ihre Umwelt sehr intensiv und mit allen Sinnen wahr.

Bei hochsensiblen Kindern kommt es zu einer schnelleren Aktivierung bestimmter Synapsen als bei normalsensiblen Kindern. Dies betrifft alle Sinneskanäle, den Hör-, Seh-, Tast-, Geruchs- und Geschmackssinn. Bestimmte Reize, wie beispielsweise starke Gerüche, können sie stören, die andere Menschen gar nicht oder weniger intensiv wahrnehmen. Ihre starke Sinneswahrnehmung ermöglicht den hochsensiblen Kindern aber zugleich Genuss mit allen Sinnen.

- ☐ *Hat Ihr Kind einen sehr feinen Geruchssinn und/oder Geschmackssinn?*
- ☐ *Lehnt es bestimmte Nahrung wegen des Geruchs ab?*
- ☐ *Fühlt sich Ihr Kind durch unangenehme Gerüche stark gestört?*
- ☐ *Reagiert es sehr empfindlich auf kratzende oder beengende Kleidung, drückende Schuhe oder Etiketten in der Kleidung?*
- ☐ *Sind Friseurbesuche, Zahnarzttermine und/oder das Nägelschneiden ein Problem?*
- ☐ *Reagiert Ihr Kind sehr empfindlich auf Kälte, Wärme und Druck?*
- ☐ *Mag Ihr Kind bestimmte Nahrungsmittelkonsistenzen nicht?*
- ☐ *Reagiert es sensibel bei grellem Licht? Braucht es dann eine Sonnenbrille oder Mütze?*
- ☐ *Sorgen zu viel Trubel für Gereiztheit und Unruhe bei Ihrem Kind? Zum Beispiel bei vielen auditiven oder visuellen Reizen (Filme mit schneller Bildfolge, Gedudel, viele Hintergrundgeräusche, Feste oder Familienfeiern)?*
- ☐ *Hat Ihr Kind ein feines Gespür für Musik, Melodien und Rhythmik?*
- ☐ *Ist Ihr Kind sehr wählerisch beim Essen?*
- ☐ *Fühlt Ihr Kind sich in der Natur sehr wohl und mag es Tiere?*
- ☐ *Ist Ihr Kind schmerzanfälliger als andere Kinder?*

C. Hochsensible Kinder besitzen ein übersensibles, leicht reizbares Nervensystem.

Hochsensible Kinder benötigen einen langsameren Lebensrhythmus und mehr Ruhepausen als andere Kinder. Sie reagieren sehr schnell auf Reize und ihre Gehirnregion für Reizunterdrückung ist weniger aktiv, was schneller zu einer Überlastung führt. Eine Überforderung kann sich bei den hochsensiblen Kindern sowohl durch Träumen oder geistige Abwesenheit als auch durch Gereiztheit bis hin zu Tobsucht zeigen.

- ☐ *Wirkt Ihr Kind öfter abwesend oder verträumt?*
- ☐ *Reagiert es schnell und leicht schreckhaft?*
- ☐ *Fällt ihm die Konzentration bei vielen Reizen in der Umgebung schwer?*
- ☐ *Braucht Ihr Kind lange, um nach aufregenden Erlebnissen zur Ruhe zu kommen?*
- ☐ *Schläft es schlecht, wenn es aufwühlende Situationen erlebte?*
- ☐ *Ist Ihr Kind schneller erschöpft als andere Kinder?*
- ☐ *Bekommt Ihr Kind schlechte Laune, wenn zu viel Trubel herrscht?*
- ☐ *Reagiert Ihr Kind überfordert in neuen, unbekannten Situationen?*
- ☐ *Ist es gereizt, wenn sich Pläne plötzlich ändern?*
- ☐ *Sind Ihrem Kind feste Rituale und/oder Strukturen wichtig?*
- ☐ *Kann Ihr Kind schlecht mit Stress umgehen?*
- ☐ *Gerät es schnell unter Druck, wenn es mehrere Dinge auf einmal erledigen soll?*
- ☐ *Benötigt Ihr Kind mehr Sicherheit und Geborgenheit als gleichaltrige Kinder?*

D. Hochsensible Kinder verfügen über eine bunte Gefühlswelt, die sich in vielen Facetten zeigt.

Die Gefühle von Hochsensiblen bedienen ein breites Spektrum. Ein hochsensibles Kind reagiert schneller als andere Kinder ängstlich, wütend, fröhlich oder begeistert und neugierig. Zu viele Eindrücke und Gefühle auf einen Schlag können hochsensible Kinder schnell erschöpfen.

- ☐ *Konnte/kann Ihr Kind schon sehr früh Gefühle differenziert benennen?*
- ☐ *Neigt es zu schnellen Stimmungswechseln von himmelhoch jauchzend bis zu Tode betrübt?*
- ☐ *Mag Ihr Kind gruselige oder sehr spannende Filme und Bücher nicht? Fiebert es sehr mit den Protagonisten und Schauspielern mit?*
- ☐ *Empfindet Ihr Kind Bloßstellung als besonders schlimm?*
- ☐ *Kann es mit Kritik schwer umgehen?*
- ☐ *Reagiert Ihr Kind heftig auf Strenge und Tadel?*
- ☐ *Lehnt Ihr Kind Konkurrenzsituationen eher ab?*

E. Hochsensible Kinder sind sehr empathisch und mitfühlend.

Empathie gilt als eine besondere Gabe hochsensibler Kinder und Erwachsener. Hochsensible Kinder sind hilfsbereit und fühlen mit anderen Personen mit. Sie haben einen starken Gerechtigkeitssinn und setzen sich oftmals für Schwächere ein.

- ☐ *Kann Ihr Kind Mimik und Gestiken sehr gut wahrnehmen?*
- ☐ *Beobachtet es das Verhalten anderer Personen, hält sich selbst aber lieber im Hintergrund?*
- ☐ *Ist Ihr Kind sehr hilfsbereit und setzt sich für Schwächere ein?*
- ☐ *Geht es Konflikten aus dem Weg und ist sehr harmoniebedürftig?*
- ☐ *Nimmt Ihr Kind Spannungen und Stimmungen sehr intensiv wahr?*
- ☐ *Leidet Ihr Kind, wenn andere Menschen oder Tiere Ungerechtigkeit erfahren?*
- ☐ *Macht es sich häufig Sorgen oder wittert Unheil?*
- ☐ *Ist Ihr Kind ein geschätzter Spielpartner, Freund, Vertrauter anderer Kinder?*
- ☐ *Zeigt es mehr Mitgefühl als andere?*
- ☐ *Fühlt sich Ihr Kind schnell angegriffen?*
- ☐ *Wirft es getroffene Entscheidungen wieder um?*
- ☐ *Hinterfragt es sich und sein Verhalten oft?*

F. Hochsensible Kinder sind oftmals perfektionistisch.

Hochsensible Kinder sind häufig perfektionistisch veranlagt. Sie stellen hohe Ansprüche an sich selbst und geraten in Stress, wenn sie diesen nicht genügen. Nicht selten sind sie mit ihren Ergebnissen nicht zufrieden und ärgern sich über sich selbst.

- ☐ *Möchte Ihr Kind den Erwartungen der Lehrer oder Erzieher bestmöglich gerecht werden?*
- ☐ *Hält es sich stark an Regeln und erwartet auch von anderen, dass diese sie erfüllen?*
- ☐ *Ist es sehr gewissenhaft?*
- ☐ *Ist Ihr Kind bei unbekannten Dingen und Situationen vorsichtig und zurückhaltend?*
- ☐ *Beendet Ihr Kind Spiele nicht, wenn es bemerkt, dass es verliert?*
- ☐ *Neigt es zum Vertuschen, wenn es schlechter abschneidet als andere Kinder?*
- ☐ *Stellt Ihr Kind hohe Ansprüche an sich selbst und ist selten zufrieden mit sich?*
- ☐ *Traut es sich neue Dinge nicht zu?*
- ☐ *Versucht Ihr Kind, alles richtig und keine Fehler zu machen?*
- ☐ *Ärgert es sich häufiger über sich selbst?*

G. Hochsensible Kinder sind sehr werteorientiert.

Hochsensible Kinder entwickeln oft schon früh ein inneres Wertesystem. Ethik und Moral sind ihnen wichtig. Auf ihr Umfeld können sie allerdings auch schnell belehrend wirken.

- ☐ *Hat Ihr Kind einen starken Gerechtigkeitssinn? Kann es Ungerechtigkeiten nur schwer aushalten?*
- ☐ *Setzt es sich für andere Kinder ein (manchmal mehr als für sich selbst)?*
- ☐ *Erkennt es Lügen und Unehrlichkeit schnell?*
- ☐ *Mag es Begegnungen am liebsten auf Augenhöhe?*
- ☐ *Stellt es oft Sinnfragen?*
- ☐ *Rebelliert es gegen unbegründete Regeländerungen?*
- ☐ *Tendiert es zur Verweigerung, wenn es Autoritäten nicht als authentisch empfindet?*

Wie viele Striche oder Kreuze haben Sie gemacht? Es liegt natürlich keine Hochsensibilität bei Ihrem Kind vor, wenn Sie lediglich drei oder vier Striche gemacht haben und die sonstigen Aussagen nicht zutreffen. Wichtig ist, dass Sie sich ein wenig Zeit nehmen, um alle Fragen zu beantworten und um zu entscheiden, ob die einzelnen Aussagen zutreffen oder nicht. Natürlich kann ein solcher Test nur eine Richtung oder die Möglichkeit aufzeigen, dass vielleicht eine Hochsensibilität bei Ihrem Kind vorliegt. Im Laufe der Zeit finden Sie im Alltag bei einem genauen Blick auf das Verhalten und die Einstellung Ihres Kindes heraus, ob es hochsensibel ist oder doch eher nicht. Entscheidend ist in jedem Fall eine gewisse Geduld, da einfach jedes Kind anders ist und über seinen eigenen Charakter verfügt. Das macht es unter Umständen gar nicht so leicht, die eigene Einschätzung abschließend zu beurteilen.

Besonders schwierig ist es oft, bei hochsensiblen Kleinkindern oder Babys festzustellen, ob das spezielle Charaktermerkmal vorliegt. Deshalb erfahren Sie im nächsten Kapitel mehr darüber, wie sich Hochsensibilität bei Kleinkindern und Babys bemerkbar macht. Denn ohne dieses Wissen fühlen viele Eltern sich oft so, als wenn Sie alles falsch machen würden und als wenn Ihr Baby oder Kleinkind sich im Vergleich zu anderen merkwürdig verhalte. Das belastet die Beziehung zum Kind, sodass es besser ist, die möglicherweise vorhandene Hochsensibilität frühzeitig zu erkennen.

Hochsensible Kleinkinder und Babys

Im Gegensatz zu älteren Kindern können Babys und Kleinkinder noch nicht direkt ausdrücken, was sie fühlen, was sie benötigen und was sie stört. Daher ist es so bedeutsam, dass die Eltern hochsensibler Kinder deren Umgebungsreize so minimieren, dass diese sich damit wohlfühlen. Bei älteren Kindern zeigt sich eine Reizüberflutung und Überforderung oft durch Verträumtheit, Zurückgezogenheit oder Einzelgängertum. Doch auch Wutanfälle sind nicht selten. Babys und Kleinkinder reagieren hingegen gestresst, mit Weinen oder Schreien und schlechter Laune auf eine Überflutung mit Reizen. Das kann es für Eltern sehr anstrengend und nervenraubend machen, wenn eine Hochsensibilität vorliegt, denn das häufige Weinen und Schreien führt dazu, dass die Nerven recht schnell blankliegen.

Besonderheiten hochsensibler Babys und Kleinkinder:

- *Sie sind oft sehr wärme- und kälteempfindlich.*
- *Kleidung mit dicken Nähten kann schmerzhaft und unangenehm sein.*
- *Sie werden bereits durch leise Geräusche wach, reizarme Umgebungen sind daher besonders wichtig für sie.*
- *Sie erschrecken sich schnell und sind lärmempfindlich.*
- *Sie benötigen mehr Kontakt zu ihren Bezugspersonen als andere Kinder ihres Alters.*

Hochsensible Babys und Kleinkinder benötigen oftmals mehr Körperkontakt als gleichaltrige Kinder. Viele Babys können beispielsweise nicht einfach einmal „abgelegt“ werden, weil dies enormen Stress bei ihnen auslöst. Manche hochsensiblen Kinder wollen aber auch nur, dass ihre Bezugspersonen in unmittelbarer

Nähe sind, ein direkter Körperkontakt kann ihnen dann zu viel werden. Es gibt daher keine feste Anleitung, wie Sie mit hochsensiblen Babys und Kleinkindern umgehen sollten, da jedes Kind anders ist und andere Vorlieben hat. Die tägliche Körperpflege kann bei hochsensiblen Babys und Kindern zum Problem werden. Dies betrifft sowohl das Eincremen der Haut, das Zähneputzen, das Baden oder das Haarekämmen und Nägelschneiden.

Für hochsensible Kinder kann Zähneputzen eine regelrechte Tortur sein. Sie empfinden die Zahnbürste als schmerzhaft oder die Zahnpasta als zu scharf. Dies können sie jedoch noch nicht benennen und verweigern stattdessen das Zähneputzen. In solchen Fällen ist es extrem wichtig, das Kind mit seinen speziellen Bedürfnissen ernst zu nehmen. Behauptet man, Zähneputzen sei doch nicht so schlimm und würde gar nicht wehtun, dann fühlt sich das Kind unverstanden. Passieren solche Ereignisse öfter, dann lernt das Kind, seiner eigenen sensiblen Wahrnehmung nicht mehr zu trauen. Im späteren Leben des Kindes kann dies zu der Überzeugung führen, falsch und „nicht in Ordnung" zu sein. Das hochsensible Kind benötigt daher unbedingt empfindsame und unterstützende Bezugspersonen, die seine Bedürfnisse und Gefühle ernst und wahrnehmen. Es gibt zum Glück schon Zahnpasta für sensible Kinder, und damit dürfte es selbst bei hochsensiblen Kindern möglich sein, ohne weitere Schwierigkeiten die Zähne zu putzen und die Mundhygiene ohne Trauma zu bewahren.

Einige hochsensible Kinder reagieren empfindlich auf Wärme, zum Beispiel auf zu warmes Badewasser. Hier sollten die Eltern genau hinsehen, welche Temperatur für den Sprössling angenehm ist. Für

hochsensible Babys kann zudem die Temperatur der Milch im Fläschchen zu heiß sein und als unangenehm empfunden werden. Es gibt des Weiteren hochsensible Babys, die nur eine einzige Sorte Schnuller tolerieren, und viele Kinder sind bezüglich ihrer Kleidung besonders empfindlich. Sie wollen beispielsweise enge Strumpfhosen nicht anziehen, weil der Stoff sie kratzt. Kleidung mit dicken Nähten ist für sie oftmals schmerzhaft und unangenehm. Viele hochsensible Babys und Kleinkinder sind schreckhaft und lärmempfindlich. Bereits leise Geräusche können sie wecken und grelles Licht empfinden sie als störend. Aus diesem Grund benötigen sie einen dunklen und besonders reizarmen Schlafraum, um zur Ruhe zu kommen. Zudem sollten die Eltern ihren Kindern einen Rückzugsort bieten, zum Beispiel eine Höhle oder ein Zelt im Kinderzimmer. Die Natur ist ebenso ein passender Ort für hochsensible Kinder, um zu entspannen. Bunte

Bilder, knallige Tapeten und unzählige Kuscheltiere sind hingegen keine gute Option für hochsensible Babys und Kleinkinder. Ein solches Zimmer verschlimmert den vorhandenen Stress durch zu viele Reize von außen noch, anstatt ihn zu lindern.

Auf Trubel und laute Musik reagieren jüngere ebenso wie ältere hochsensible Kinder gestresst. Doch auch zu wenig Input kann Kinder stressen und langweilen, denn sie haben einen hohen Bewegungsdrang und benötigen gewisse Anreize, Anregungen und Abwechslung. Die hochsensiblen Kinder können sich ebenso für längere Zeit in ein ruhiges Spiel vertiefen. In neuen, unbekannten Situationen sind sie jedoch zunächst zurückhaltend und vorsichtig. Einige hochsensible Kinder sind sehr ordnungsliebend, es ist ihnen wichtig, dass alles seinen Platz hat. Es überfordert sie schnell, wenn Chaos herrscht, und es kann für hochsensible Kinder in Stress ausarten, wenn die vorgegebene Ordnung nicht eingehalten wird. Das sollten Eltern möglichst erkennen und einhalten, da es Sinn macht, sich dann ein wenig mehr nach den Kindern zu richten. Nicht zuletzt ist es natürlich generell förderlich, wenn die Ordnung entsprechend eingehalten wird.

Quellennachweis:

 Test - Hochsensible Kinder HSK erkennen - YouTube

(Quelle: HSK Test – Sandra Quedenbaum / YouTube)

Buchempfehlungen:

- *„Der Regen kämpft mit meiner Fröhlichkeit: Die Seele des hochsensiblen Kindes“ von Arne Salig*
- *„Zart besaitet: Selbstverständnis, Selbstachtung und Selbsthilfe für hochsensible Menschen“ von Georg Parlow*
- *„Sind Sie hochsensibel?“ von Elaine Aron*
- *„Hochsensibel ist mehr als zartbesaitet“ von Sylvia Harke*

Geschlechtsspezifische Unterschiede bei hochsensiblen Kindern

Kommen wir zu einem weiteren bedeutungsvollen und oft recht schwierigen Thema bei der Hochsensibilität. Gemeint sind die geschlechtsspezifischen Unterschiede zwischen Jungen und Mädchen, die in Bezug auf Hochsensibilität auftreten. Eigentlich liegt die Ursache dieser Unterschiede nicht in der Geschlechtszugehörigkeit an sich, sondern in der Reaktion der Menschen im Allgemeinen, insbesondere in Bezug auf hochsensible Jungen. Es gibt spezielle Beleidigungen oder Namen, die das Kind verletzen und es für lange Zeit begleiten können:

„Heulsuse!"
„Warmduscher!"
„Muttersöhnchen!"
„Schwächling!"
„Mimose!"

Grundsätzlich gibt es zwischen hochsensiblen Jungen und Mädchen nicht viele Unterschiede, die Hochsensibilität zeigt sich also unabhängig vom Geschlecht in ähnlicher Form. Allerdings tut man sich, wie die vorherigen Beleidigungen zeigen, oft schwerer, die Hochsensibilität bei Jungen zu akzeptieren als bei Mädchen. Hochsensible Jungs meiden häufig lieber die typischen „Jungsspiele" wie Raufen, Rennen oder schnelle Ballspiele. Sie bevorzugen stattdessen ruhige Tätigkeiten und geraten in

Kindergärten und Grundschulen eher in die Außenseiterposition. Dies kann jedoch ebenso Mädchen betreffen, die Schwierigkeiten haben, ihre hochsensiblen Eigenschaften anzunehmen. Letztendlich kommt es stets darauf an, wie das Umfeld mit der Hochsensibilität des Kindes umgeht. Das typische Rollenbild von Jungen und Mädchen scheint jedenfalls noch immer sehr präsent in den Köpfen der Bevölkerung zu sein. Jungen bekommen demnach häufiger Sätze wie diese zu hören: „Ein (großer) Junge weint nicht!" oder „Ein Indianer kennt keinen Schmerz!" Dies führt dazu, dass die hochsensiblen Jungen ihre empfindsamen Eigenschaften wie Feinfühligkeit und Empathie eher unterdrücken. Verständlicherweise wollen sie auf keinen Fall als schwach oder als „Weichei" wahrgenommen werden.

Natürlich hängt die in diesem Zusammenhang schwere Stellung der hochsensiblen Jungen daher stark mit unserer Gesellschaft und ihren Rollenbildern zusammen. Mädchen werden automatisch als sensibler, empathischer und grundsätzlich als emotionaler wahrgenommen als Jungen. Das macht es natürlich für hochsensible Jungen noch etwas schwieriger, mit ihrer Sensibilität und ihren Gefühlen umzugehen, als es bei Mädchen der Fall ist. Letztendlich ist es aber für Jungen genau wie für Mädchen nicht einfach, sich mit ihrer Hochsensibilität anzufreunden und damit zurechtzukommen, wenn das Umfeld kein Verständnis zeigt.

Ein Beispiel, die Erzählung einer Mutter, zeigt schnell, wie dies in der Realität aussieht, und macht deutlich, dass noch viel Arbeit notwendig ist, bevor die Hochsensibilität allgemein akzeptiert wird: „Mein Sohn Alex (4) steht auf dem Spielplatz lieber am Rand an einer ruhigen Ecke und beobachtet das Treiben. Das ist meistens so, wenn sehr viele Kinder dort sind. Andere Eltern fragen mich dann schon manchmal, ob alles in Ordnung mit Alex ist und ob er Spaß beim Spielen hat. Ich antworte dann, dass er schon Spaß hat, aber der Trubel ihn auch schnell erschöpft. Viele Eltern haben dafür kein Verständnis und meinen: ‚Ach, ist der empfindlich!'"

Umso wichtiger ist es also, dass die Besonderheiten hochsensibler Jungen und Mädchen berücksichtigt und respektiert werden. Ansonsten werden die vielfühlenden Kinder versuchen, ihr Temperament und die vermeintliche Schwäche zu unterdrücken, was zu starkem Leiden führt. Es ist für die Kinder einfach nicht natürlich, sich ständig zu verstellen und zu versuchen, scheinbar „stärker" und weniger emotional oder sensibel zu sein, als sie es wirklich sind. Hochsensible Kinder und Jugendliche benötigen daher nach Möglichkeit Bezugspersonen, die ihnen helfen, diese Eigenschaften anzunehmen. Auch die hochsensiblen Mädchen neigen zur Unterdrückung eigener Bedürfnisse und zur Überanpassung. Sie wollen nicht negativ auffallen und haben besonders feine Antennen für die Empfindungen ihrer Bezugspersonen. So stellen sie mitunter eigene Gefühle und Wünsche zurück, um ihre Bezugspersonen nicht zu belasten.

Manchmal werden hochsensible Kinder sogar zum engsten Vertrauten eines Elternteils. Sie werden in die Rolle des emotionalen Beraters und Unterstützers gedrängt, die sie gar nicht bewältigen können und auch nicht sollen. Es ist nicht die Aufgabe der Kinder, die Bedürfnisse ihrer Eltern zu erfüllen. Durch ihre hohe Empathie und ihre Art, zuzuhören und mitfühlend zu sein, passiert es aber schnell, dass sie genau in diese Beraterrolle für ihre Eltern gedrängt werden. Daher ist es für die Eltern ungemein wichtig, aufzupassen und zum Schutz des Kindes gar nicht erst mit einem solchen Verhalten zu beginnen.

Introvertierte und extrovertierte hochsensible Kinder

Etwa ein Drittel aller hochsensiblen Kinder ist extrovertiert, bei diesen Kindern zeigen sich die sensiblen Eigenschaften etwas anders als bei den introvertierten hochsensiblen Kindern. Tatsächlich ist die Hochsensibilität bei den extrovertierten Kindern meist schwerer zu erkennen. Aus diesem Grund schauen wir uns nachfolgend einmal den Unterschied zwischen introvertierten und extrovertierten Kindern an, die hochsensibel sind.
Aufgrund ihrer Lebhaftigkeit und Kontaktfreudigkeit vermutet man oft fälschlicherweise AD(H)S hinter dem Verhalten der Kinder. Die extrovertierten hochsensiblen Kinder überfordert ein Überangebot an Reizen genauso, wie es bei den introvertierten hochsensiblen Kindern der Fall ist. Die extrovertierten feinfühligen Kinder bemerken ihre Erschöpfung jedoch erst spät oder gar nicht. Dabei handelt es sich um eine recht gefährliche Kombination, da im Anschluss dennoch ein Gefühl der Erschöpfung zurückbleibt, jedoch ohne genau benennen zu können, woher

diese kommt oder welche Ursachen sie hat. Zudem können die Kinder die Überreizung häufig noch nicht benennen und neigen dann zu heftigen emotionalen Reaktionen wie Wutausbrüchen. Es fällt ihnen häufig schwer, Ruhe zu finden, und sie sind motorisch unruhig. Man spricht bei diesen Kindern von gefühlsstarken Kindern, wobei dieser Ausdruck natürlich ebenso auf die introvertierten Kinder zutrifft. Und natürlich gibt es auch in diesem Bereich wieder Mischtypen und Abstufungen. Nur weil ein hochsensibles Kind extrovertiert ist, bedeutet das noch lange nicht, dass es bestimmte klare Merkmale gibt, die in jedem Fall bei ihm vorhanden sind. Die Abstufungen zu erkennen, ist allerdings alles andere als leicht und erfordert ein hohes Maß an Verständnis und Empathie von Seiten der Eltern und der Bezugspersonen im Kindergarten oder in der Grundschule.

In jedem Fall ist es weder zutreffend noch hilfreich, bei allen quirligen, extrovertierten Kindern, die offenbar hibbelig sind, direkt ADHS oder eine Verhaltensstörung zu vermuten. Eine solche Diagnose ist noch viel gefährlicher als das Unverständnis im Falle der Hochsensibilität, da hier eine medikamentöse Behandlung zum Tragen kommt, die aber der falsche Weg und sogar schädlich für hochsensible Kinder ist.

Introvertierte hochsensible Kinder neigen hingegen eher dazu, sich bei Überreizung zurückzuziehen, und beschäftigen sich gern allein. Sie machen ihre Probleme häufig nur mit sich selbst aus, sie fressen die Dinge in sich hinein und zeigen ihre Gefühle nicht nach außen. Überschreitet man bei den hochsensiblen introvertierten Kindern allerdings zu viele Grenzen, dann können auch sie zu emotionalen Ausbrüchen neigen. Außenstehende können

diese Reaktionen dann als sehr plötzlich wahrnehmen. Dabei ist aller Voraussicht nach schon ein längerer Prozess des Schweigens bei häufigem Übertreten der gesteckten Grenzen diesem Ausbruch vorangegangen. Nur ist dieser innerliche Prozess der Kinder selten für Außenstehende erkennbar oder gar nachvollziehbar.
Die hochsensiblen Kinder müssen erst lernen, sich abzugrenzen und ihre persönlichen Bedürfnisse zu bemerken und anzuerkennen. Sie können nicht wissen, dass ihr hochsensibles Nervensystem schneller auf Reize reagiert als das von anderen Kindern. Woher sollten Sie es auch wissen? Schließlich wollen sie dazugehören und dieselben Dinge tun wie andere Kinder in ihrem Alter. Umso wichtiger ist es, dass die hochsensiblen Kinder in ihrer Persönlichkeit verstanden und angenommen werden, unabhängig davon, ob sie introvertiert oder extrovertiert sind. Das wiederum ist zum einen die Aufgabe der Eltern und zum anderen genauso die Aufgabe aller weiteren Bezugspersonen. Wenn die Eltern diese Besonderheiten beispielsweise nicht erkennen, die Erzieher im Kindergarten jedoch schon, dann kann frühzeitig das Nötige im Umfeld des Kindes angepasst werden.

Kennzeichnend für beide Gruppen sind insbesondere die folgenden Eigenschaften:

Extrovertierte hochsensible Kinder	**Introvertierte hochsensible Kinder**
Die Kinder genießen den Kontakt mit anderen Menschen.	*Diese Kinder sind eher zurückhaltend und ruhig.*
Sie reden gern und sind sehr mitteilungsbedürftig.	*Sie beschäftigen sich gern für mehrere Stunden allein.*
Sie fühlen sich oft auch in Gruppen wohl.	*Sie können zwar den Kontakt zu anderen Menschen genießen, doch Menschengruppen erschöpfen sie oft.*
Es macht ihnen nichts aus, im Mittelpunkt zu stehen.	*Probleme machen die introvertierten Kinder eher mit sich selbst aus.*
Sie schöpfen Energie und Kraft aus dem Kontakt zu anderen.	*Sie neigen bei Problemen und Streitigkeiten zum „Implodieren“.*
Äußere Reize begeistern und lenken sie eher ab als die introvertierten Kinder.	*Sie stehen ungern im Mittelpunkt.*

Sie treffen schneller Entscheidungen als introvertierte Kinder.	*Meist haben sie nur einige wenige Freunde.*
Sie lernen aus ihren Erfahrungen und entscheiden darauf basierend, was sie tun.	*Sie können sich sehr lange mit einem Thema beschäftigen.*
	Das Treffen von Entscheidungen fällt ihnen schwer und sie brauchen viel Zeit dafür.

Obwohl es also keinen klassischen Typ hochsensibler Kinder gibt und die meisten Kinder sich bezüglich ihrer genauen Eigenschaften voneinander unterscheiden werden, gibt es doch einige klare Merkmale, wie die Tabelle aufgezeigt hat. Man kann hochsensible Kinder jedoch nicht nur in intro- und extrovertierte Kinder mit den jeweiligen Merkmalen unterscheiden. Es sind zusätzlich noch die sogenannten „High Sensation Seeker" zu nennen, die eine Art Sonderform der hochsensiblen Menschen darstellen.

High Sensation Seeker als Sonderform hochsensibler Menschen

Eine besondere Ausprägung der Hochsensibilität sind also die sogenannten High Sensation Seeker (HSS). Diese Personen suchen bewusst nach Reizen und Risiken. Sie streben nach spannenden Entdeckungen, intensiven Gefühlen und Abwechslung. Erwachsene High Sensation Seeker üben oft Extremsportarten aus oder allgemein Tätigkeiten mit gesteigertem Nervenkitzel. Viele High Sensation Seeker haben eine Abneigung gegenüber

Routinen und Wiederholung, und sie haben Angst, etwas zu verpassen. Diese Menschen möchten neue Erfahrungen machen, viele von ihnen reisen gern und möchten fremde Kulturen und neue Menschen kennenlernen. Sie haben zahlreiche unterschiedliche Interessen und suchen die Herausforderung.

Auch bei kleinen Kindern und Babys kann sich die Eigenschaft des sogenannten Sensation Seekings bereits frühzeitig bemerkbar machen, zum Beispiel durch motorische Unruhe und einen hohen Bewegungsdrang ebenso wie durch Forschungseifer und Neugierde. Sie gehen eher Risiken ein als andere Kinder und lieben den Nervenkitzel. Dennoch darf man nicht vergessen, dass auch diese Kinder schnell von Reizen überfordert werden. Einerseits lieben High Sensation Seeker die Extreme, andererseits brauchen sie viel Erholung und haben bei Überreizung ein hohes Rückzugsbedürfnis. Für diese reizliebenden Kinder ist es nötig, dass die Eltern und Bezugspersonen ihnen dabei helfen, eine gute Balance zwischen Ruhe und Aktivität zu finden. Der richtige Umgang mit hochsensiblen Kindern ist für ein gute Entwicklung und die Selbstakzeptanz des Kindes also essenziell.

Letztendlich brauchen intro- und extrovertierte hochsensible Kinder genau wie High Sensation Seeker vor allem eines: die Geduld und Unterstützung ihrer Eltern sowie ihrer Bezugspersonen. Dann nämlich geht es den Kindern durch eine auf ihre Bedürfnisse angepasste Umgebung in jedem Fall besser, als wenn die Hochsensibilität unentdeckt bleibt.

Die Hypo- und die Hyper-Typen

Nicht nur High Sensation Seeker leben oftmals ein Leben in Extremen. Hochsensiblen Kindern fehlt häufig allgemein eine ausgleichende Mitte. Sie müssen erst lernen, wo ihre Grenzen liegen, wann sie eine Pause einlegen sollten und wie sie am besten auf Reizüberflutungen reagieren.

Neben Extraversion und Introversion unterscheidet man bei hochsensiblen Kindern zusätzlich zwischen dem Hyper- und dem Hypo-Typus. „Hyper" steht hierbei für „übertrieben", „übermäßig" und „hervorstehend". „Hypo" meint in diesem Zusammenhang „untertrieben" oder „vermindert". Bei manchen Kindern zeigt sich die Hochsensibilität vor allem durch starke Gefühlsschwankungen und Gefühlsausbrüche (Hyper-Typus). Andere hochsensible Kinder sind eher still und schlucken ihre Probleme oder ihren Ärger herunter (Hypo-Typus). Die Gefühle brechen im Gegensatz zu Kindern des Hyper-Typus nicht aus ihnen heraus, sondern zeigen sich eher durch Klagen oder körperliche

Symptome. Viele Eigenschaften des Hypo-Typus kann man introvertierten hochsensiblen Kindern zuordnen, während extrovertierte hochsensible Kinder eher dem Hyper-Typus zuzuordnen sind. Dennoch können hochsensible Kinder sowohl Eigenschaften des Hyper- als auch des Hypo-Typus aufweisen.

Durch diese Merkmale kann man Hyper- und Hypo-Typen erkennen:

Kinder des Hyper-Typus	Kinder des Hypo-Typus
Sie wirken sehr extrovertiert.	*Sie verhalten sich eher zurückhaltend.*
Sie neigen zum Überdrehen, wenn ihnen alles zu viel wird.	*Sie neigen dazu, über Probleme nicht zu sprechen und diese herunterzuschlucken.*
Sie können sich sehr impulsiv verhalten.	*Sie sind sehr gewissenhaft und möchten alles richtig machen.*
Sie neigen zu starken Stimmungswechseln.	*Sie neigen zum Perfektionismus.*
Bei Druck und Hektik können sie aggressiv oder jähzornig werden.	*Sie verzweifeln an Aufgaben, die sie nicht zu ihrer Zufriedenheit erledigen können.*
Sie neigen zum Übertreiben.	*Sie fragen viel nach, um keine Fehler zu machen.*
Sie dramatisieren und sind sehr ausdrucksstark.	

- *Sie fühlen sich schnell unverstanden oder verzweifeln, wenn sie etwas nicht verstehen.*
- *Sie erhalten leider schnell eine AD(H)S- Diagnose aufgrund ihrer AD(H)S-ähnlichen Eigenschaften.*
- *Sie lassen sich schnell verunsichern und sind oft ängstlich.*
- *Sie zeigen ihre Gefühle meist nicht offen – nur gegenüber Menschen, die ihnen vertraut sind.*
- *Unterdrückte Gefühle und Bedürfnisse können sich durch verschiedene Symptome zeigen.*

Natürlich gibt es wiederum Mischtypen, die hochsensiblen Kinder können daher sowohl hyper- als auch hyposensible Eigenschaften aufweisen. Oft richtet sich dies nach der jeweiligen Situation.
Zwei Beispiele zeigen Ihnen deutlich, wie groß die Unterschiede zwischen den einzelnen Typen ausfallen können:
Jakob ist neun Jahre alt. Er ist ein aufgeweckter Junge und interessiert sich für zahlreiche Themen, unter anderem für die Planeten im Weltall, für Tiere und Basteln. Er liebt es zudem, mit anderen Kindern Ballspiele zu spielen und zu toben. Heute auf dem Schulhof spielte er mit seinen Freunden Fußball. Dabei merkte er aber nicht, dass ihn der ganze Trubel um ihn herum und die Lautstärke immer mehr überforderten. Anstatt eine Pause einzulegen, fing er an, mit einem anderen Kind zu streiten und herumzuschreien. Jakob würde man eher dem Hyper-Typus zuordnen.
Die neunjährige Tina hingegen ist ein ruhiges Kind, fast schon etwas zu brav. Wenn in der Schule ein neues Thema behandelt wird, traut sie

sich zunächst nicht an dieses heran. Ihre Hausaufgabe hat sie daher nicht beendet, aus Angst, einen Fehler zu machen. Ihr Lehrer glaubte daraufhin, dass sie keine Lust auf die Hausaufgabe hatte, und gab ihr daher eine Extraaufgabe. Tina fühlte sich zwar ungerecht behandelt, biss sich aber auf die Lippen und nahm die Strafe in Kauf. Während der Pause wurde Tina dann auch noch von einem größeren Jungen in der Schule geschubst. Sie stürzte dabei unsanft auf den Asphalt und verletzte sich an ihrer Hand. Als ihre Mutter sie beim Abendessen fragte, wie ihr Tag war, antwortete Tina nur knapp mit einem „Gut." Sie macht die Dinge lieber mit sich selbst aus. Tina gehört eher zu den hochsensiblen Kindern des Hypo-Typus.

Bestimmte Eigenschaften der Hochsensibilität treten ebenfalls im Autismus-Spektrum und bei AD(H)S auf, was dazu führen kann, dass man bei hochsensiblen Kindern fälschlicherweise AD(H)S oder Autismus diagnostiziert. Hier ist ein genauer Blick auf die Charaktereigenschaften und Besonderheiten des Kindes sehr wichtig, damit keine falsche Diagnose getroffen wird. Da es so häufig zu einer AD(H)S- oder Autismus-Diagnose kommt, anstatt die vorhandene Hochsensibilität zu erkennen, finden Sie im nächsten Kapitel einen detaillierteren Vergleich der Gemeinsamkeiten und Unterschiede, die im Hinblick auf die Hochsensibilität vorhanden sind.

AD(H)S und Asperger-Syndrom im Vergleich zur Hochsensibilität

Welche Unterschiede & Gemeinsamkeiten gibt es?

Leider wird die Hochsensibilität bei Kindern oft erst spät oder gar nicht erkannt, schneller vermutet man hingegen das Asperger-Syndrom oder AD(H)S. Sogar Ärzte und Fachpersonal vermuten häufig eine Krankheit hinter der Hochsensibilität und diagnostizieren oft das Asperger-Syndrom, ADHS oder ADS. Sie ziehen die Möglichkeit, dass das Kind hochsensibel sein könnte, gar nicht in Betracht. Tatsächlich ähnelt die Hochsensibilität in vielen Aspekten dem Asperger-Syndrom, es gibt also einige Überschneidungen. Doch es gibt zugleich klare Unterschiede. Außerdem können Asperger-Autisten ebenfalls hochsensibel sein. Auch bei AD(H)S finden sich Ähnlichkeiten zur Hochsensibilität. Das macht es zugegebenermaßen nicht leichter, die richtige Diagnose zu stellen und nicht mit der Behandlung einer Krankheit zu beginnen, die in Wahrheit gar keine ist.

Kinder mit AD(H)S – Worin unterscheiden sie sich von hochsensiblen Kindern?

AD(H)S beschreibt das Aufmerksamkeitsdefizitsyndrom mit oder ohne Hyperaktivität (H). Bei Kindern, die eine ADS-Diagnose ohne Hyperaktivität erhalten, spricht man auch von „Träumer"-

Kindern, da sie zu Tagträumen neigen, schnell Flüchtigkeitsfehler machen und vergesslich sind. Kinder mit AD(H)S sind sehr reizoffen. Wie hochsensible Kinder können ein Überangebot an Reizen zu Überstimulation, Unaufmerksamkeit und mitunter zu emotionalen Ausbrüchen führen. Ein entscheidender Unterschied zur Hochsensibilität ist aber, dass Kindern mit AD(H)S auch die Konzentration in reizarmen Umgebungen schwerfällt. Hochsensible Kinder fühlen sich hingegen in reizarmen und ruhigen Umgebungen wohl und können sich gut konzentrieren. Kinder mit AD(H)S lassen sich selbst dann ablenken, wenn sie allein sind, das selbstständige Arbeiten fällt ihnen schwer. Sie können sich nur schwer selbst steuern und benötigen ein höheres Maß an Unterstützung als andere Kinder. Sie neigen zu impulsivem Handeln, denken sprunghaft und sind oft aufgedreht. In der Schule spielen diese Kinder häufig den Klassenclown. Typische Eigenschaften von Kindern mit AD(H)S sind beispielsweise:

- *Sie lassen sich leicht ablenken.*
- *Sie haben Schwierigkeiten, sich zu konzentrieren, in reizarmen sowie in reizstarken Umgebungen.*
- *Sie haben einen hohen Erzähldrang.*
- *Sie sind vergesslich, schieben Dinge auf.*
- *Sie sind innerlich und äußerlich unruhig und ständig in Bewegung.*
- *Sie sind schnell emotional aufgewühlt.*
- *Sie langweilen sich schnell.*

- *Sie neigen zu Stimmungsschwankungen.*
- *Sie kommen häufig zu spät.*
- *Sie sind sehr risikobereit.*
- *Sie fühlen sich schnell angegriffen.*

Bei Kindern mit Aufmerksamkeitsdefizitsyndrom ohne Hyperaktivität (ADS) stehen eher die Tagträumerei, Schüchternheit und Antriebsschwäche im Zentrum des Störungsbildes. Die Kinder haben Schwierigkeiten, sich auf eine Sache zu konzentrieren, und sie fangen vieles an, bringen aber nur wenig zu Ende. Meist sind sie zudem verschlossen und kontaktscheu. Mädchen sind häufiger von ADS betroffen, während Jungen eher unter ADHS leiden. Dennoch lässt sich die Hochsensibilität nicht in jedem Fall klar von AD(H)S trennen. Es gibt daher hochsensible Kinder, die gleichzeitig von AD(H)S betroffen sind.

Das Asperger-Syndrom im Vergleich zur Hochsensibilität

Kinder, die vom Asperger-Syndrom betroffen sind, reagieren häufig ähnlich wie hochsensible Kinder, das heißt überempfindlich bei Gerüchen, Geräuschen oder Berührung. Asperger-Autisten sind in der Regel durchschnittlich bis überdurchschnittlich intelligent und verfügen oft über ein für ihr Alter untypisches, sehr hohes Wissen. Meist interessieren sie sich sehr stark für ein spezielles Themengebiet oder haben außergewöhnliche Hobbys. Viele Kinder mit Asperger-Autismus haben ein großes Interesse an Technik, Informatik, Astronomie oder Mathematik.

Manche Asperger-Autisten kennen zum Beispiel die Fahrpläne der U-Bahn auswendig, haben ein extrem gutes Gefühl für Zahlen oder beschäftigen sich stundenlang mit dem Beobachten von Wolken. Sie sind perfektionistisch veranlagt und sehr gewissenhaft. Allerdings haben diese Kinder Schwierigkeiten, Freundschaften zu schließen. Es fällt ihnen schwer, Mimik und Gestik des Gegenübers zu interpretieren, und Gesagtes verstehen sie oft wörtlich. Daher verstehen sie oft Sarkasmus oder Ironie nicht. Zudem haben sie Probleme damit, Blickkontakt zu halten.

Das Asperger-Syndrom weist Parallelen und Gemeinsamkeiten zur Hochsensibilität auf, dennoch gibt es auch klare Unterschiede:

	Hochsensible Kinder	**Kinder mit Asperger-Syndrom**
Gemeinsamkeiten	*Hochsensible Kinder sind sehr fein fühlig. Sie neigen dazu, schnell übe stimuliert zu sein, und haben ein erhöhtes Rückzugsl dürfnis. Sie brauchen mehr Ruhe und Erholung als andere Kinder.*	*Auch Kinder mit Asperger-Syndrom bevorzugen eine ruhige Umgebung und sind sehr reizempfindlich. Wie hochsensible Kinder nehmen sie Reize viel intensiver wahr als andere Menschen und können schnell überwältigt von den zahlreichen Sinnesreizen um sie herum sein. Auch sie benötigen dann Ruhe und Erholung.*
	Auf grelles Licht,	*Sie bevorzugen Routinen*

	Geräusche, Gerüche oder kratzen Kleidung können sehr empfindlich reagieren. - Auf unbekannte S tuationen reagieren sie ängstlich und sind eher risi koscheu (außer HSS). - Hochsensible Kinder sind oft künst lerisch und musis begabt. - Hochsensible Kinder können sehr strukturiert sein und mögen meistens Rituale, da s ihnen Sicherheit g ben. Allerdings kö nen sie Routinen auch als einschrä kend empfinden.	und benötigen oft viel Zeit, um sich an neue Situationen zu gewöhnen. - Auch Asperger-Autisten verfügen häufig über (künstlerische und musische) Hochbegabungen. - Sie sind ebenfalls oft sehr strukturiert und ihnen sind Routinen und Rituale besonders wichtig. Ohne ihre Routinen fehlt es den Kindern an Sicherheit gebendem Halt.
Unterschiede	- Hochsensible Kinder sind meist se harmoniebedürft	- Kinder mit Asperger-Syndrom gelten als nicht so stark harmoniebedürftig. Man meint, dass für

Sie wollen den Ar sprüchen andere Personen gerecht werden. Mal blei- ben sie lieber für sich und mal su- chen sie den Kon- takt zu anderen. Doch andere Mei schen überforder sie auch schnell. . neigen dazu, sich zu stark in ander Personen hineinz versetzen und kö nen ihre Grenzen nicht wahren.

- Hochsensible Kin- der sind oft sehr empathisch und einfühlsam. Sie können Mimik un Gestik meist besc ders gut lesen un verstehen die Inte tionen des ander intuitiv.

- Sie spielen gern c lein, mit gleichalt gen, älteren oder

sie Sozialkontakte oft nicht so nötig seien wie für hochsensible Kinder. Sie beschäftigen sich gern allein. Dies bedeutet jedoch nicht, dass Asperger-Autisten sich keine Freundschaften wünschen. Allerdings haben sie Schwierigkeiten mit der sozialen Interaktion.

- Asperger-Autisten sind nicht unempathisch. Aber sie verarbeiten Empathie anders. Es fällt ihnen schwer, die Mimik, Gestik und Körpersprache anderer Personen zu deuten und deren Absichten zu erkennen. Sie müssen die Situation sachlich verstanden haben und können darauf basierend Empathie entwickeln.

- Sie spielen häufig lieber allein oder mit viel älteren oder viel jüngeren Kindern.

- Sie haben Schwierigkeiten, soziale Normen zu erkennen, und verhalten sich daher in den Augen der Gesellschaft manchmal unpassend.

jüngeren Kindern

- *Sie verhalten sich häufig extrem angepasst und stellen eigene Bedürfnisse und Wünsche zurück, um nicht negativ aufzufallen.*

Asperger-Autisten haben auf jeden Fall einige hochsensible Anteile. Ein essenzieller und entscheidender Unterschied zur Hochsensibilität stellen jedoch ihre Probleme in der sozialen Interaktion dar. Denn Kinder mit Asperger-Syndrom verfügen Experten zufolge über eine verzögerte soziale Reife, was sie von hochsensiblen Kindern unterscheidet. Es fällt ihnen daher schwer, sich in die Perspektive anderer Personen hineinzuversetzen. Mit der passenden Unterstützung können Asperger-Autisten allerdings gut mit der Störung im Alltag und Beruf leben. Diese Probleme in der sozialen Interaktion sind bei hochsensiblen Kindern nicht zu beobachten, wodurch eine Abgrenzung trotz einiger Gemeinsamkeiten und Überschneidungen gut möglich ist.

Habe ich ein *High-Need-Kind* oder ein hochsensibles Kind?

Der Unterschied zwischen hochsensiblen Kindern und solchen, die zu den High-Need-Kindern zählen, wirft für viele Eltern ebenfalls oft Rätsel auf. An dieser Stelle betrachten wir die Unterschiede und Gemeinsamkeiten ein wenig genauer, um eine bessere Zuordnung zu ermöglichen.

Generell hat jedes Baby Bedürfnisse, die die Eltern erfüllen sollten, das ist völlig normal. Zunächst stehen vor allem Bedürfnisse wie Hunger, Durst, Trost, Vertrauen und Nähe im Vordergrund. Mit zunehmendem Alter werden die Bedürfnisse komplexer. Jedes Baby benötigt die Aufmerksamkeit seiner Bezugspersonen, doch die sogenannten High-Need-Babys sind besonders bedürftig. Und sie zeigen diese höhere Bedürftigkeit auch ihren Bezugspersonen und natürlich ganz besonders den Eltern. Es handelt sich um sehr emotionsstarke und aufgeweckte Kinder, die häufig bereits kurz nach der Geburt lautstark schreien. High-Need-Babys benötigen viel Nähe und Kontakt, insbesondere zur Mutter. Sie wirken schnell unzufrieden und drücken diese Unzufriedenheit durch Weinen oder Schreien aus. Die Babys wollen häufig gestillt werden, aber nicht nur, weil sie hungrig sind, sondern auch, weil sie den Körperkontakt zur Mutter suchen. Das Stillen stellt dann eher eine Möglichkeit dar, um Aufmerksamkeit von und Körperkontakt mit der Mutter zu erhalten. Um Hunger geht es dabei also nicht zwingend, was von vielen Müttern falsch verstanden wird.

Falls Sie sich fragen, warum das Stillen besonders bei Babys wirksam ist, die spezielle Bedürfnisse haben, gibt es eine einfache Antwort: Beim Stillen wird Oxytocin, das sogenannte Kuschelhormon, ausgeschüttet. Es sorgt nicht nur für die Milchbeförderung, sondern lässt auch Mutter und Kind entspannter und glücklicher sein. Zugleich wird beim Stillen ein weiteres Hormon ausgeschüttet: Prolaktin. Neben der Produktion von Milch sorgt dieses Hormon dafür, dass die Mutter sich gern um ihr Kind kümmert. Für die Mutter-Kind-Bindung sind also beide Hormone wichtig.

Für die Mütter können diese bedürftigen Kinder schnell anstrengend und kraftraubend werden. Denn im Vergleich zu anderen Babys lassen sich High-Need-Babys meist nicht einfach mal „ablegen". Den Müttern fehlt Zeit zum Durchschnaufen und Schlaf, denn auch nachts sind die Kleinen oft aktiv und finden nur schwer in den

Schlaf. Bereits leiseste Geräusche können sie wecken. Das belastet die Beziehung zwischen Mutter und Kind in vielen Fällen und bringt viele Mütter an die Grenzen der Belastbarkeit. Nicht wenige Mütter fühlen sich von sogenannten „Schreikindern“ oft völlig überfordert und fragen sich oft, was sie falsch gemacht haben oder warum gerade sie ein solches Kind verdienen. Natürlich sind die Überforderung und das Gefühl von Stress verständlich, da die bedürftigen Babys tatsächlich sehr viel Aufmerksamkeit benötigen. Zeit für die eigenen Bedürfnisse ist dann oft kaum oder gar nicht mehr vorhanden. Durch die immer weiter strapazierten Nerven verschlechtert sich einerseits die Beziehung zwischen Mutter und Kind und andererseits spüren die Kinder durch ihre feinen Antennen eine solche Stimmung und reagieren in vielen Fällen mit noch mehr Weinen, Schreien oder mit einer noch größeren Unruhe darauf. Ein Teufelskreis, der für Mütter nur mit Unterstützung und mit dem Wissen um die Besonderheit der Bedürfnisse des Kindes zu durchbrechen ist. Schließlich sind bedürftige Babys nicht so, weil sie ihre Eltern ärgern oder besonders stressen wollen. Das ist natürlich manchmal nicht einfach im Kopf zu behalten, wenn wieder diverse schlaflose Nächte hinter einem liegen.

Dr. William Sears, ein Professor für Kinderheilkunde aus den USA, prägte den heute üblichen Begriff „High-Need-Baby“. Denn eines seiner acht Kinder war ein High-Need-Baby. Viele Merkmale ähneln denen der hochsensiblen Babys. Der Begriff „High-Need-Baby“ ist übrigens bis heute kein medizinisch anerkannter Begriff. Er kann leider schnell den negativen Eindruck vermitteln, dass es sich um extrem fordernde, mühsame und anstrengende Babys handelt, die sich absichtlich so verhalten. Dies entspricht natürlich nicht ganz den Tatsachen. Zwar sind die Babys tatsächlich fordernder und bedürftiger als andere Babys, doch dies tun sie selbstverständlich nicht aus böser Absicht heraus. High-Need-Babys schreien oder weinen nicht, um ihre Eltern zu ärgern. Dies tut im Übrigen kein Baby, obwohl Eltern teilweise ein solches Gefühl von ihren Säuglingen vermittelt bekommen. Trotz der oft verbreiteten Annahme „verwöhnen" Sie als Eltern Ihr Baby nicht, wenn Sie prompt und zuverlässig auf seine Bedürfnisse reagieren. Sie vermitteln ihm dadurch die grundlegenden Gefühle von Geborgenheit und Sicherheit und dürften dadurch extremere Schreianfälle verhindern oder abschwächen, da das Baby sich sicher und umsorgt fühlt. Auch bei bedürftigen Babys greifen klassische Erziehungsratgeber nicht. Ganz im Gegenteil, die üblichen Tipps, wie beispielsweise das Baby einfach mal schreien zu lassen, erreichen hier einen gegenteiligen Effekt. Das ist natürlich nicht immer leicht erkennbar beziehungsweise umsetzbar, da viele junge Eltern oft auf die Tipps der eigenen Eltern oder eben auf klassische Ratgeber hören.

High-Need-Kinder sind eher extrovertierte Kinder, sie können temperamentvoll, hochsensibel, intelligent, neugierig und begeisterungsfähig sein. Dennoch treiben High-Need-Babys ihre Eltern aufgrund ihrer besonders ausgeprägten Bedürfnisse mitunter stark an die Grenzen ihrer Belastbarkeit. Es sollte betont werden, dass es keinesfalls die Schuld der Eltern ist, wenn ein High-Need-Baby zur Welt kommt. Allerdings benötigen die empfindlichen High-Need-Babys wirklich einen anderen Umgang und mehr Aufmerksamkeit als andere Kinder. Es geht hier, wie so oft, einfach um das nötige Wissen bezüglich der bestehenden Möglichkeiten im Umgang mit diesen Babys, damit sie und

ihre Eltern es gleichermaßen leichter haben.
Sears entwickelte zwölf Kriterien, die High-Need-Babys sehr umfassend beschreiben:

1 Intense / intensiv

High-Need-Babys sind intensiv, das heißt, sie benötigen eine intensive Betreuung und Versorgung. Häufig sind die Babys unruhig und getrieben, sie fordern ihre Eltern und insbesondere ihre Mutter stark. Denn viele High-Need-Babys lassen sich ausschließlich von ihrer Mutter beruhigen und versorgen. Sie weinen zudem schnell, wenn ihre Bedürfnisse nicht prompt befriedigt werden. Lässt man sie schreien oder weinen, verstärkt sich das Ganze und die Babys werden immer gestresster.

2 Hyperactive / hyperaktiv

Die Babys wirken sowohl geistig als auch körperlich hyperaktiv. Sie sind immer in Habachtstellung, beispielsweise durch geballte Fäustchen oder angespannte Muskeln. Diese hyperaktiven Eigenschaften haben jedoch nichts mit der Diagnose AD(H)S zu tun, sondern beziehen sich eher auf den Vergleich zu anderen Kindern. High-Need-Babys sind sehr aktiv und neugierig, sie wirken dabei oft regelrecht getrieben. Da die Babys so entdeckerfreudig sind, lernen sie zugleich schnell und viel. Sie benötigen oft mehr Input als andere Kinder und können als direkte Folge davon intelligenter als andere Kinder sein. Eine hohe Intelligenz ist aber keine charakterisierende Eigenschaft von High-Need-Kindern. Die Hyperaktivität der High-Need-Babys kann sich später im Übrigen in besonders kreativen Tätigkeiten zeigen.

3 Draining / energieraubend

High-Need-Babys verlangen ihren Bezugspersonen einiges an Kraft und Energie ab und können vergleichsweise sehr anstrengend sein. Sie möchten viel getragen und geschaukelt werden. Ablegen funktioniert oft gar nicht oder nur sehr schlecht, was besonders energieraubend für die Eltern ist. Meist bevorzugen sie zudem den Kontakt zur Mutter, nur dann kommen sie zur Ruhe. Ist dieser Kontakt nicht vorhanden oder werden die Babys nicht getragen oder geschaukelt, dann beginnen sie schnell zu weinen oder zu schreien.

4 Feeds frequently / möchte oft gefüttert werden

Die bedürftigen Babys wollen meist ständig gefüttert werden und verlangen häufig nach der Brust der Mutter. Dies tun sie nicht nur wegen des Hungers, sondern sie genießen auch, wie zuvor schon beschrieben, die Nähe und den Körperkontakt zur Mutter. High-Need-Babys trinken oft langsam und benötigen viel Geborgenheit. Für die Mütter kann dies natürlich irgendwann sehr belastend werden.

5 Demanding / anspruchsvoll

Ein High-Need-Baby hat ausgesprochen starke Bedürfnisse, es ist oft sehr fordernd, sensibel und ungeduldig. Es ist nicht so pflegeleicht wie andere Kinder und fühlt sich schneller unwohl und unzufrieden. Das Baby möchte viel auf dem Arm getragen werden, hat Probleme, in den Schlaf zu finden, und ist in vielen Fällen bereits nach wenigen Stunden wieder wach.

6 Awakens frequently / wacht im Schlaf oft auf

Laut Sears brauchen High-Need-Babys weniger Schlaf als andere Babys. Es fällt ihnen schwer einzuschlafen, und trotz (oder gerade wegen) eines ausgelasteten Tages wachen die Babys in der Nacht häufig auf. Sie kommen nur schwer zur Ruhe und haben oft eine ausgesprochen unruhige Nacht. Wie bei hochsensiblen Kindern besitzen auch High-Need-Babys einen schwächer ausgeprägten Reizfilter. Sie können die vielen Informationen und Eindrücke, die auf sie einprasseln, daher schwerer verarbeiten und benötigen mehr Zeit dafür. Besonders an sehr aufregenden und aufwühlenden Tagen mit vielen Erlebnissen kann es lange dauern, bis die Babys wirklich einschlafen.

7 Unsatisfied / unzufrieden

High-Need-Babys wirken oft unzufrieden. An manchen Tagen schreien oder weinen sie besonders viel und an solchen Tagen scheint es schwer, ihnen überhaupt irgendetwas recht machen zu können. In Eltern-Kind-Kursen kann es schnell schwierig werden, wenn das eigene Kind durch andauerndes Schreien und Weinen heraussticht, insbesondere deshalb, weil von den anderen Eltern nicht immer Verständnis zu erwarten ist. Das belastet die Beziehung zwischen Eltern und Kind enorm und führt schnell dazu, dass bestimmte Aktivitäten einfach nicht möglich sind beziehungsweise bewusst vermieden werden.

Denn andere Babys scheinen so viel zufriedener, lächeln und glucksen fröhlich vor sich hin. Viele Eltern fragen sich dann, was sie falsch machen und wie sie ihr Baby zufriedenstellen können. Fakt ist, dass High-

Need-Babys tatsächlich anders als andere Kinder sind und eine spezielle Betreuung benötigen. Viele brauchen die ständige Nähe ihrer Bezugsperson, Beschäftigung oder wollen getragen werden. Ein Tragetuch kann hierfür sehr hilfreich sein, High-Need-Babys mögen dies oft sehr und genießen zugleich den engen Kontakt. Und Sie als Elternteil haben gleichzeitig die Hände frei und müssen schmerzende Arme nicht in Kauf nehmen. Tragetücher sind für die Babys also perfekt und ermöglichen zugleich einen entspannteren Alltag. Schließlich ist ein Kinderwagen in vielen Straßen und Geschäften unpraktisch und schwer handzuhaben, hier kann ein weiches Tragetuch mit direktem Kontakt zur Mutter oder zum Vater die bessere Lösung darstellen.

8 Unpredictable / Unberechenbar

Ein High-Need-Baby kann mitunter unberechenbar sein. Gerade noch flossen Tränen, kurze Zeit später lacht es quietschvergnügt. Diese Babys neigen also zu Stimmungsschwankungen und schnellen Gefühlswechseln. Was heute noch funktioniert hat, kann außerdem bei High-Need-Babys morgen schon falsch sein. Diese extreme Unberechenbarkeit stellt natürlich eine weitere Belastung für die Eltern dar. Diese würden schließlich gern etwas finden, was bei ihrem Baby funktioniert, und es stresst sie enorm, sich fast jeden Tag etwas Neues einfallen zu lassen.

9 Super-sensitive / hochsensibel

High-Need-Babys sind sehr empfindlich und übersensibel. Wie es bei hochsensiblen Kindern auch der Fall ist, nehmen High-Need-Babys

Reize besonders intensiv war. Von Musik, visuellen und sonstigen Reizen können sie sich schnell gestört und überfordert fühlen. Zugleich sind sie aber sehr empathisch.

10 „Can't put baby down" / viel Körperkontakt nötig

Die bedürftigen Babys mögen es nicht, abgelegt zu werden, und protestieren lautstark dagegen. Für viele High-Need-Babys wirkt Hautkontakt beruhigend. Es gibt aber auch Babys, die nicht so gern kuscheln und mehr Raum für sich benötigen. Dennoch wollen die Kleinen häufig getragen werden und mögen es nicht, wenn dies unterbrochen wird.

11 „Not a self-soother" / Selbstberuhigung fällt schwer

Die meisten Babys entwickeln im Alter von ein paar Monaten einen eigenen Tag-Nacht-Rhythmus und können sich mit der Zeit selbst beruhigen. High-Need-Babys brauchen hierfür länger Zeit. Sie lassen und können sich nur schwer beruhigen und schreien vermeintlich grundlos. Selbst mit einem Schnuller oder einer Spieluhr lassen sie sich nicht beruhigen. Viele Eltern fühlen sich dann von ihrem Kind abgelehnt und zweifeln an ihren elterlichen Fähigkeiten. Doch die Kinder suchen die Interaktion mit ihren Bezugspersonen, sie brauchen oft ihre Mutter, um in den Schlaf zu finden. Im Bedarfsfall und bei Unsicherheit sollten sich die Eltern an einen Kinderarzt wenden oder fachliche Beratung im Anspruch nehmen.

„Separation sensitive"/ Trennungsängstlich

Die zarten Babys fremdeln länger als andere Kinder. Auch Trennungen und die Gewöhnung an neue Situationen fallen ihnen schwer. Das High-Need-Baby hängt sehr an seinen Eltern, es braucht eine langsame Gewöhnung, Schritt für Schritt. Häufig dauert die Abnabelung von den Eltern länger und Verabschiedungen sind für High-Need-Babys und -Kinder schmerzlich. Viele Kinder entwickeln aus Angst vor der Trennung von ihrer Mutter dann Bauchschmerzen, Kopfschmerzen oder andere Symptome. Die Kinder müssen genügend Vertrauen in ihre Bezugspersonen aufbauen, zum Beispiel im Kindergarten. Die Eingewöhnungsphase im Kindergarten fällt ihnen oft schwerer und dauert meist länger als bei anderen Kindern. Falls die besonderen Bedürfnisse des Kindes bekannt sind, macht es Sinn, diese vor der Eingewöhnung in den Kindergarten unbedingt anzusprechen.

Da High-Need-Kinder einen anderen Umgang benötigen, als es die meisten Elternratgeber empfehlen, entwickelte Sears die Erziehungsphilosophie „Attachment Parenting". Im deutschsprachigen Raum ist diese Erziehungsmethode bekannt als „bindungsorientierte/bedürfnisorientierte Erziehung". Sobald bei Ihnen das Gefühl entsteht, dass es sich um ein bedürftiges Baby handelt, macht eine genauere Beschäftigung mit dieser Erziehungsmethode in jedem Fall Sinn. Die Erziehungsmethode bezieht sich speziell auf High-Need-Kinder und stellt damit eine wirksame Option für die Eltern dar, die mit klassischen Methoden nicht mehr weiterkommen.

Wie sich die Methode umsetzen lässt:

- *Eine stabile, vertrauensvolle Bindung zum Kind ist eine wichtige Voraussetzung dafür, dass das Kind zu einem glücklichen, selbstbewussten und selbstständigen Erwachsenen heranwächst.*

- *Für Eltern ist es wichtig, auf ihr Bauchgefühl zu hören und dem Kind eine so gute Erziehung zu ermöglichen, wie sie es sich selbst gewünscht hätten.*

- *Die Eltern sollten ihr Baby nicht schreien oder weinen lassen. Sie sollten zudem auf die Grundbedürfnisse des Babys nach Kontakt und Nahrung sofort eingehen. Dies ist keine Überbehütung, denn die Säuglinge drücken durch Schreien oder Weinen immer ein Bedürfnis aus. Wer hier absichtlich Zeit bis zur Befriedigung der Bedürfnisse verstreichen lässt, macht es eher schlimmer und sorgt für große Verunsicherung.*

- *Körpernähe und Stillen sollte das Baby nach Bedarf erhalten. Auch das Schlafen bei den Eltern hilft vielen Babys.*

- *Begegnen Sie im Kleinkindalter ihrem Kind auf Augenhöhe. Beziehen Sie seine Meinung und Wünsche mit ein, wie zum Beispiel bei Entscheidungen.*

- *Zeigen Sie Verständnis und hinterfragen Sie emotionale Ausbrüche ihres Kindes, anstatt es dafür auszuschimpfen.*

Was Eltern von High-Need-Babys (und hochsensiblen Babys) sonst noch helfen kann:

- *Lassen Sie Ihrem Kind Zeit, sich an neue Situationen, fremde Umgebungen und Menschen zu gewöhnen. Unterstützen Sie es dabei und bereiten Sie es frühzeitig darauf vor.*

- *Planen Sie zusätzliche Zeit (und Zeitpuffer) für Einschlafrituale ein. Begleiten Sie ihr Kind in den Schlaf mit entspannender Musik oder einer Geschichte.*

- *Tauschen Sie sich mit anderen Eltern von High-Need-Kindern aus. Der Austausch und das Verständnis von anderen Betroffenen können eine enorme Unterstützung darstellen.*

- *Suchen Sie sich professionelle Unterstützung und Entlastung, wenn nötig. Beziehen Sie Ihren Partner mit ein.*

- *Sorgen Sie für kleine Auszeiten für sich selbst.*

- *Ersetzen Sie negative Labels durch positive Begriffe.*

Beispiel: Verwenden Sie anstatt „Mein Terrorzwerg war heute wieder so anstrengend!" eine positive Formulierung:

- *„Mein Junge/Mädchen ist ein kleiner Wirbelwind."*

- *„Ich habe ein aufgewecktes und neugieriges Kind."*

- *„Mein Kind hat einen starken Willen und kann seine Bedürfnisse gut verständlich machen."*

High-Need-Babys sind hochsensiblen Babys in vielen Eigenschaften ähnlich. Im Laufe der Zeit, manchmal bereits nach einigen Monaten, kann sich dies jedoch deutlich verändern. High-Need-Babys werden nicht zwangsläufig zu High-Need-Kindern. Viele Kinder fassen mit der Zeit schneller Vertrauen und lernen, mit Überreizungen besser zurechtzukommen und sich selbst zu regulieren. Doch sie benötigen die liebevolle Unterstützung ihrer Bezugspersonen.
Was hochsensible Babys mit High-Need-Babys gemein haben und wie sie sich unterscheiden:

	High-Need-Baby	**Hochsensibles Baby**
Gemeinsamkeiten	• *Sie benötigen oft viel Körperkontakt.* • *Sie bemerken oft kleinste Veränderungen.* • *Regeln und Rituale sind ihnen wichtig.* • *Sie fühlen sich in kleinen Gruppen wohl.* • *Sie sind lärm- und lichtempfindlich.* • *Sie fremdeln oft*	• *Sie benötigen oft viel Körperkontakt oder aber wenig, da es ihnen zu viel wird.* • *Auch hochsensible Babys bemerken Veränderungen schnell.* • *Rituale sind hilfreich.* • *Sie fühlen sich in kleinen Gruppen wohl.*

	lange. - Sie wirken in neuen Situationen und gegenüber unbekannten Menschen oft ängstlich. - Sie haben Probleme beim Ein- und Durchschlafen. - Sie weinen und schreien häufig. - Sie sind schnell überreizt, empfindsam und schreckhaft. - Sie sind vorsichtig und ordnungsliebend.	- Sie sind lärm- und lichtempfindlich. - Sie fremdeln und benötigen mehr Zeit, um sich an neue Personen und Situationen zu gewöhnen. - Sie brauchen lange Zeit zum Einschlafen. - Sie weinen und schreien häufiger als normalsensible Kinder. - Sie sind schnell überreizt, empfindsam und schreckhaft. - Sie sind vorsichtig und ordnungsliebend.
Unterschiede	- Die meisten High-Need-Babys wollen häufig getragen werden.	- Es gibt hochsensible Babys, die viel Nähe und Kör-

- *Sie lassen sich oft nur durch Stillen beruhigen*
- *Sie benötigen viel Körperkontakt.*
- *Sie sind oft schnell gelangweilt und brauchen Input von außen.*
- *Sie wollen nachts in der Nähe der Mutter sein.*
- *Sie sind oft sehr temperaturempfindlich.*
- *Sie haben einen hohen Bewegungsdrang.*
- *Bestimmte Kleidung kann ihnen Schmerzen bereiten.*

perkontakt benötigen, andere brauchen mehr Raum für sich.

- *Sie brauchen Rückzugsmöglichkeiten, aber auch Input. Sie können sich jedoch auch allein beschäftigen.*
- *Hochsensible Babys können empfindlich auf Wärme oder Kälte reagieren.*
- *Manche hochsensiblen Babys haben einen hohen Bewegungsdrang, andere nicht.*
- *Einige hochsensible Babys reagieren empfindlich auf bestimmte Stoffe, Nähte oder Etiketten in der Kleidung*

Vielleicht ist das High-Need-Baby einfach „nur" ein hochsensibles extrovertiertes Kind? Es lohnt sich in jedem Fall, genauer hinzusehen und auf die Bedürfnisse und Besonderheiten des Kindes zu achten, um ihm möglichst gerecht zu werden. So oder so ist es wichtig, dass Baby oder Kleinkind genauso wie ein größeres Kind auf die richtige Weise zu unterstützen. Je eher hochsensible Kinder verstanden, erkannt und dann entsprechend unterstützt werden, desto besser ist es für sie. Machen Sie sich bewusst, dass Sie sehr viel bewirken können, wenn Sie die Bedürfnisse Ihres Kindes beachten und anerkennen.

Hochsensible Kinder

verstehen und unterstützen

Hochsensible Kinder benötigen oft ein höheres Maß an Unterstützung und eine andere Art von Fürsorge als andere Kinder. Damit sich die Kinder gut entwickeln können, sollten die Eltern hochsensibler Kinder verschiedene Gesichtspunkte beachten. Dadurch schenken sie ihrem Kind die bestmögliche Unterstützung und ein hohes Maß an Verständnis, Liebe und natürlich die Möglichkeit, sich entsprechend der eigenen Bedürfnisse weiterzuentwickeln.

Folgende Punkte sollten Sie beachten, um ein hochsensibles Kind bestmöglich zu unterstützen:

Die Persönlichkeit des hochsensiblen Kindes stärken

Fördern Sie Ihr Kind in seiner Selbstachtung und Persönlichkeit. Lassen Sie ihm so viel Liebe, Nähe und Zuwendung wie möglich zukommen und geben Sie ihm zugleich genügend Freiraum. Denn Unabhängigkeit und Selbstständigkeit sind für das Kind ebenso wichtig wie genügend Zuwendung.

Erklären Sie Ihrem Kind, dass die Menschen unterschiedliche Charaktere beziehungsweise Temperamente besitzen. Geben Sie ihm das Gefühl, dass es so, wie es ist, richtig und wertvoll ist und sich nicht zu verbiegen braucht. Beachten Sie dabei, dass es Kinder gibt, die Schnelligkeit, laute Musik und viel Trubel mögen. Andere Kinder sind ruhiger, lesen dabei lieber oder beobachten erst einmal die Situation. Dennoch ist jedes Kind auf seine Art perfekt: „Du bist genau so, wie Du bist, richtig und wertvoll." Wenn Sie es schaffen, Ihrem Kind das verständlich zu machen, dann haben Sie schon viel erreicht und befinden sich auf einem guten Weg.

Für eine kindgerechte Darstellung der Hochsensibilität mit all ihren Besonderheiten finden Sie in diesem Ratgeber ein extra Kapitel, in dem Sie eine hilfreiche Erklärung für Ihr Kind vorfinden. Dadurch fördern Sie von Anfang an das Verständnis und können Ihrem Kind das Gefühl geben, dass es perfekt so ist, wie es nun einmal ist.

Unterstützung ohne Überforderung

Ermutigen Sie Ihr Kind, sich neuen Situationen zu stellen, also fördern, aber überfordern Sie es nicht. Lassen Sie Ihr Kind sich austesten und die Welt entdecken und es alters- und entwicklungsgerechte Entscheidungen treffen. Dabei können Sie ihm natürlich immer Ihre Hilfe anbieten. Aber vermitteln Sie Ihrem Kind zugleich das Gefühl, dass Sie ihm vertrauen und dass es sogar schwierige Situationen sehr gut meistern kann. Wenn Sie zum Beispiel merken, dass sich Ihr Kind im Kindergarten oder in der Schule mit einem anderen Kind gut versteht, bieten Sie Ihrem Kind an, es zu sich nach Hause einzuladen. Spenden Sie Ihrem hochsensiblen Kind Trost, wenn es überreizt ist, und helfen Sie ihm dabei, ruhiger zu werden. Dadurch stärken Sie das Selbstwertgefühl Ihres Kindes und schenken ihm eine große Portion Sicherheit sowie das Gefühl, verstanden und angenommen zu werden.

Aufrichtiges Lob

Anerkennung und Lob braucht jeder Mensch, und Kinder brauchen beides ganz besonders. Geben Sie Ihrem Kind ehrliches Feedback – hochsensible Kinder merken, ob ihre Bezugspersonen aufrichtig sind. Vergessen Sie nicht, dass hochsensible Kinder durch ihr größeres Maß an Empathie in der Lage sind, sich in Sie hineinzuversetzen. Loben Sie Ihr Kind nicht übertrieben in den Himmel, Kinder lernen zwar durch Lob, aber nur dann, wenn es realistisch ist. Ihr Kind fühlt es also, wenn Sie es übertreiben und wenn Sie es nicht so meinen, wie Sie etwas sagen. Drücken Sie Lob gegenüber Ihrem Kind präzise aus. Statt Ihrem Kind ein allgemeines Lob auszusprechen wie: „Toll gemacht!", könnten Sie es dafür loben, dass es schöne Farben für seine Zeichnung ausgewählt hat. Dies zeigt ebenfalls den größeren Kindern, dass Sie wirklich interessiert sind.

Vorbereitung auf neue Situationen

Die meisten hochsensiblen Kinder brauchen viel Zeit, um sich auf neue Situationen einzustellen. Es ist daher von großer Bedeutung, dass man sie früh genug darauf vorbereitet und ihnen die Gewöhnung somit erleichtert. Sprechen Sie mit Ihrem Kind über anstehende Veränderungen und beziehen Sie es mit in den Prozess ein. Entscheiden Sie bei Dingen, die Ihr hochsensibles Kind betreffen, nicht über seinen Kopf hinweg und respektieren Sie seine Gefühle und Bedürfnisse. Abschiede und Übergänge sind für viele hochsensible Kinder ein großes Thema. Die Eingewöhnungszeit in einer Kita dauert daher länger, als es bei normalsensiblen Kindern der Fall ist. Das erfordert nicht nur ein größeres Maß an Geduld von Seiten der Eltern, sondern auch von Seiten der Erzieher.

Viele hochsensible Kinder wollen nicht ohne die Mutter bleiben und beginnen, bitterlich zu weinen, sobald diese sich verabschieden möchte. Vielen Müttern blutet dann regelrecht das Herz und sie halten es kaum aus, ihr Kind im Kindergarten zu lassen. Doch mit Geduld und Einfühlungsvermögen können sich auch hochsensible Kinder meist gut in Kindergärten eingewöhnen. Häufig ist ebenso der Übergang vom Kindergarten in die Schule eine Herausforderung. Leichter ist der Umgang mit diesen Situationen, wenn Sie schon vorher wissen, dass Sie hier mehr Zeit und Geduld sowie aufbauende Gespräche benötigen.

Für die hochsensiblen Kinder können Situationen wie diese einer emotionalen Achterbahnfahrt gleichen. Erleichtern Sie Ihrem Kind daher Übergänge wie diese und feiern Sie beispielsweise eine Abschiedsparty vom Kindergarten. Wecken Sie zudem die Neugier Ihres Kindes auf die Schule:

„In der Schule wirst Du viele spannende Sachen lernen, Ihr werdet Experimente und Ausflüge machen und Du wirst bestimmt gute Freunde finden!"

Mit einer solchen oder ähnlichen Aussagen erleichtern Sie Ihrem Kind stets den Übergang sowie den Aufbruch in neue Situationen. Sie zeigen hierdurch, dass Sie sich in Ihr Kind hineinversetzen können, und fokussieren sich aufs Positive, was schwere emotionale Momente einfacher machen kann.

Kündigen Sie spezielle Ereignisse immer frühzeitig an und geben Sie Ihrem Kind Zeit, sich auf die neue Situation einstellen zu können. Sorgen Sie für eine gute Vorbereitung und planen Sie ausreichend Zeit für Eingewöhnungen oder Veränderungen ein. Sprechen Sie vor der

Kita-Eingewöhnung am besten zunächst mit den Erziehern, die für Ihr Kind sorgen werden, und bauen Sie Vertrauen zu ihnen auf. Denn auch für die Eltern ist eine gute Beziehung zu den Erziehern hilfreich. Schauen Sie sich mit Ihrem Kind gemeinsam die Kindergartenräume beziehungsweise die Schule an. Hochsensiblen Kindern fallen Übergänge leichter, wenn Sie bereits Vertrauen zu einem Erzieher oder Lehrer aufbauen konnten. Eine langsame Eingewöhnung hilft dem hochsensiblen Kind zudem dabei, den neuen Ort nach und nach als sicheren Ort wahrzunehmen. Versuchen Sie jedoch nicht, diesen Prozess mit Druck zu beschleunigen, weil „andere Kinder sich auch nicht so mimosenhaft anstellen." Eine solche Aussage kommt leider immer wieder von Eltern, die sich nicht auf die besonderen Bedürfnisse ihrer Kinder einstellen wollen. Damit wird die Umgewöhnung aber enorm erschwert, das Kind fühlt sich nicht verstanden und die Beziehung zu den Eltern leidet ebenfalls unter solchen Aussagen.

Genügend Zeit für Ruhe und Entspannung

Hochsensible Kinder brauchen mehr Zeit für Entspannung und Ruhe. Hatte Ihr Kind erneut einen emotionalen Ausbruch und war gereizt? Dann sagen Sie ihm nicht „Du benimmst dich wie ein Elefant im Porzellanladen!", sondern mindern Sie die Reize. Schaffen Sie Rückzugsorte für Ihr Kind, zum Beispiel eine Höhle oder ein Zelt im Kinderzimmer. Sorgen Sie dafür, dass Ihr Kind ausreichend Zeit zum Ausruhen hat und ab und zu einfach einmal „nichts tun" darf. Eine reizarme Umgebung hilft Ihrem Kind dabei, auch innerlich ruhiger zu werden. Verplanen Sie die Freizeit Ihres hochsensiblen Kindes nicht zu stark und lassen Sie ihm genügend Zeit für Hobbys und Kreativität. Hochsensiblen Kindern können entspannende Meditationen, Entspannungsübungen oder sanfte Musik am Abend helfen, um besser zur Ruhe zu kommen. Nach einem anstrengenden Schultag können Sport, das Austoben auf dem Spielplatz, ein ruhiger Aufenthalt in der Natur oder aber das Ausleben von Kreativität bei der Entspannung helfen. Finden Sie heraus, was Ihrem Kind besonders hilft, wenn es darum geht, zu entspannen und nach all den Reizen im Alltag abzuschalten. Dabei helfen am besten Geduld und die Option, mit Ihrem Kind verschiedene Dinge auszuprobieren, um seine Bedürfnisse und Vorlieben besser zu erkennen. Diese Zeit nehmen viele Eltern sich allerdings nicht, was am Ende dazu führt, dass die Kinder auch nicht richtig zur Ruhe kommen können.

Behalten Sie zudem den Medienkonsum Ihres Kindes im Auge. Kinder wachsen in der heutigen Zeit mit zahlreichen Medien auf und insbesondere die hochsensiblen Kinder können die vielen Reize jedoch schnell überfordern. Setzen Sie daher Grenzen beim Medienkonsum und seien Sie Ihrem Kind ein Vorbild. Das gilt natürlich für alle Kinder, nicht nur für hochsensible Kinder. Denn der extreme Medienkonsum in der heutigen Zeit mit ständiger Beschallung durch das Smartphone, Werbung und bunten Spielen sowie mit dem Surfen im Internet führt bei Kindern und Erwachsenen in jedem Alter schnell zu einer Reizüberflutung.

Reflektieren Sie sich einmal selbst und fragen Sie sich, wie viel Zeit Sie mit der Nutzung von Medien verbringen. In welchen Momenten würde Ihnen eine andere Tätigkeit guttun? Ein wenig Digital Detox schadet bestimmt nicht, damit auch Sie wieder mehr zur Ruhe kommen. Gleichzeitig sind Sie auf diese Weise direkt ein besseres Vorbild für Ihr Kind.

Aufenthalte in der Natur

Hochsensible Kinder profitieren besonders stark von Aufenthalten in der Natur und dem Kontakt zu Tieren (dazu mehr im nächsten Punkt). Denn Wälder, Felder, Wiesen und Seen sind für sie Erholung pur und bieten genügend Raum zum Spielen und Entdecken in ihrer persönlichen Geschwindigkeit. Hochsensible Kinder blühen in der Natur regelrecht auf, alle ihre Sinne werden angesprochen. Sie können selbstbestimmt und kreativ sein. Zudem hilft den Kindern die Verbundenheit mit der Natur zu einem positiven Grundvertrauen ins Leben. Auch ein Garten ist ideal für hochsensible Kinder. Ermöglichen Sie Ihrem Kind daher so viel Kontakt wie möglich zur Natur. Dadurch wächst automatisch der Wunsch des Kindes danach, nachhaltig zu leben und die Natur zu schützen.

Naturaufenthalte tragen allgemein zur Stressreduktion bei, ebenso bei erwachsenen Personen. Jeder Mensch profitiert daher von Wald und Wiese. Machen Sie doch einmal mit Ihrem Kind oder mit der ganzen Familie einen Ausflug in den Wald, zu Seen oder Feldern. Kleine Wanderungen, ruhige Badeausflüge oder ein Picknick können gute Optionen darstellen, um wieder zur Ruhe zu kommen. Das Schöne für Kinder ist dabei, um es noch einmal zu betonen, dass sie zu sich selbst finden und die Umgebung in ihrem Tempo erkunden können. Druck von außen oder eine enge zeitliche Begrenzung sind hier nicht hilfreich, um Ihr Kind optimal zu fördern. Sicherlich haben Sie ein Naturgebiet in der Nähe und könnten demnächst einen Ausflug dorthin unternehmen.

Kontakt zu Tieren

Haustiere fördern die soziale Kompetenz bei Kindern und helfen ihnen dabei zu lernen, Verantwortung zu übernehmen. Haustiere sind für hochsensible Kinder oft zugleich eine bedeutsame Bezugsperson, der sie all ihre Sorgen erzählen. Ein Kätzchen, ein Hund oder ein Hase vermitteln Geborgenheit und trösten das hochsensible Kind, wenn es Kummer hat. Sie sind wohl die geduldigsten Zuhörer. Das Streicheln der Tiere hilft den Kindern zudem, entspannter zu werden, und hebt ihre Stimmung. Haustiere sollen ebenfalls dazu beitragen, dass die hochsensiblen Kinder und Kinder im Allgemeinen gesünder aufwachsen, ein stärkeres Immunsystem entwickeln und seltener zu Allergien neigen.

Falls möglich, könnten Sie daher ein Haustier in Ihre Familie integrieren. Vermitteln Sie Ihrem Kind von Anfang an die Bedeutung der richtigen Pflege und des angemessenen Umgangs mit dem Tier und das Gefühl, dass es sich um ein weiteres Familienmitglied handelt. Und ganz ehrlich: Auch für Erwachsene bedeuten Spaziergänge mit dem Hund oder das Schnurren einer Katze Ruhe und Entspannung. Die Tiere sind nicht zuletzt ebenfalls sehr sensibel, wenn es um die Stimmungen der Menschen geht. Damit stellen sie den perfekten Umgang für die Kinder dar, die ebenfalls stark auf Stimmungen sowie auf Gefühle reagieren.

Die Einführung von Routinen und Ritualen

Zuverlässige Routinen und Rituale sind generell für alle Kinder hilfreich. Hochsensiblen Kindern geben sinnvolle Rituale und Routinen aber noch einmal deutlich mehr Sicherheit, Struktur und Orientierung.

Durch kleine und große Routinen und Rituale helfen Sie Ihrem Kind, sich in einer Welt zurechtzufinden, die es noch als unübersichtlich empfindet. Rituale, also die feste Abfolge von Ereignissen und deren Wiederholungen, sind für hochsensible Kinder in jeder Lebenslage daher äußerst bedeutsam. Die zeitlich festgelegten Rituale beginnen bereits beim liebevollen Gewecktwerden, der Körperpflege und dem anschließenden Frühstück. Ein wertvolles und bindungsstärkendes Ritual ist zudem die Verabschiedung des Kindes vor dem Betreten des Kindergartens beziehungsweise der Schule, zum Beispiel mit einem Kuss auf die Stirn. Planen Sie möglichst vor der Schule oder dem Kindergarten noch etwas Zeit zum Lesen ein.

Mit festen Ritualen, die schon beim Aufstehen beginnen, können Sie Ihr Kind nicht nur wunderbar fördern, sondern geben ihm auch festen Halt während des Tages. Gerade an stressigen Tagen oder an solchen, die viele Eindrücke und Reize beinhalten, ist es notwendig, dass Sie an Ihren Ritualen festhalten.

Viele hochsensible Kinder profitieren von sanften Einschlafritualen, vielleicht einer schönen Geschichte und einem Gutenachtkuss. Feste Rituale wie diese sorgen für einen starken Zusammenhalt in der Familie, sie fördern die Selbstständigkeit des Kindes und entlasten es. Sie helfen des Weiteren dabei, Ängste der gesamten Familie zu mindern und geben Halt. Auch Babysitter und weitere Bezugspersonen, die die Kinder vorübergehend betreuen, sollten die Regeln einhalten. Je klarer Sie von Anfang an Routinen und Rituale in Ihrer Familie kommunizieren und darauf achten, diese einzuhalten, desto mehr Halt schenken Sie dadurch allen Familienmitgliedern.

Schaffen einer Wohlfühlatmosphäre

Sorgen Sie für eine liebevolle Atmosphäre zu Hause. Denn hochsensible Kinder reagieren stark auf Stimmungsschwankungen ihrer Eltern und erspüren kleinste Schwingungen. Die Kinder bemerken also ebenso, wenn dicke Luft zwischen den Eltern herrscht, und reagieren sehr empfindlich auf Streitigkeiten. Genauso können den sensiblen Kindern die Konkurrenzsituationen unter Geschwistern Bauchschmerzen bereiten. Sorgen Sie daher stets dafür, dass Konflikte angesprochen und offen kommuniziert werden. In einer harmonischen Umgebung wird sich das hochsensible Kind pudelwohl fühlen.

Natürlich ist es nicht möglich, Streitigkeiten dauerhaft zu vermeiden, weder zwischen den Eltern noch zwischen den Geschwistern. Doch Sie haben es in der Hand, eine harmonische Atmosphäre zu schaffen und für eine klare Kommunikation zu sorgen. Sicherlich ist es insbesondere in einem Haushalt mit hochsensiblen Kindern eine sehr gute Idee, feste Regeln einzuführen, die beispielsweise Streitigkeiten und den Umgang mit diesen beinhalten. Dieser passende Umgang ist natürlich nicht nur für die Kinder wichtig, sondern auch für die Eltern. Das gilt gerade dann, wenn es häufig zu Streitigkeiten aufgrund der speziellen Bedürfnisse der Kinder kommt.

Aufstellen von Grenzen und Regeln

Regeln und Grenzen sind absolut notwendig, um Kinder vor Gefahren zu schützen. Bereits ein zwei Jahre altes Kind kann begreifen, dass es nicht die Tischdecke vom Tisch ziehen soll oder dass es nicht am Herd spielen darf. Für Kinder sind dennoch nicht alle Erklärungen einsichtig, meistens weil sie noch nicht verstehen, welche Folgen ihr Verhalten nach sich zieht. Hier ist dann ein deutliches „Nein!" nötig. Sonst kann das Verhalten des Kindes schließlich zur Gefahr für sich selbst sowie für alle anderen werden. Nur weil ein Kind hochsensibel ist, bedeutet das nicht, dass es deshalb keine Regeln oder Grenzen geben soll.

Für die sensiblen Sprösslinge ist es jedoch zusätzlich wichtig, dass sie nicht einfach nur starren Regeln folgen oder Aufträge erfüllen müssen. Sie möchten verstehen, wofür eine bestimmte Regel aufgestellt wurde. Versuchen Sie daher, Ihr Kind nicht zu begrenzen, sondern zeigen Sie ihm Ihre eigenen Grenzen auf: Anstatt dem hochsensiblen Kind zu sagen, dass es anstrengend oder zu langsam sei, erklären Sie ihm Ihre Grenzen und Ziele.

Beispiel:

„Heute bin ich sehr müde von der Arbeit, ich brauche etwas Ruhe."
„Ich bin gerade hektisch, weil ich gleich zur Arbeit muss, ziehe bitte jetzt Deine Schuhe an, damit ich Dich zum Kindergarten bringen kann."

Helfen Sie darüber hinaus Ihrem Kind dabei, seine eigenen Grenzen zu erkennen und diese zu wahren. Trainieren Sie mit ihm, wie es „Nein!" oder „Ich möchte das nicht!" sagen kann. Zwingen Sie Ihr Kind nicht dazu, „brav zu sein" und einer fremden Person beispielsweise die Hand geben zu müssen. Es darf ebenso die gut gemeinte Umarmung von der Oma ablehnen, wenn es den Körperkontakt in diesem Moment oder generell nicht mag. Grenzen Sie sich auch selbst ab: Stellen Sie sich vor, Sie trinken gerade einen Kaffee und Ihr Kind möchte JETZT mit Ihnen spielen. Sie möchten aber Ihren Kaffee noch genießen, solange er noch warm ist, und merken, dass Sie noch etwas Zeit für sich brauchen. Dann dürfen Sie selbstverständlich kommunizieren: „Ich trinke noch meinen Kaffee aus und spiele dann mit Dir" oder „Wenn der große Zeiger auf der Drei ist, komme ich zu Dir."

Mit einer solchen klaren Kommunikation vermitteln Sie Ihrem Kind, dass es Grenzen gibt und dass auch Sie Bedürfnisse haben – und Sie dennoch die Bedürfnisse des Kindes nicht nur erkennen, sondern auch achten.

Kein Vergleichen mit anderen Kindern

Vermeiden Sie es, Ihr Kind mit anderen Kindern zu vergleichen oder es in eine Schublade zu stecken. „Schau mal, der Maximilian macht doch auch nicht so ein Theater wie Du." Einige Mütter und Väter neigen allerdings dazu, Ihr Kind ständig mit anderen Kindern zu vergleichen und es dadurch zu kritisieren. Ein großes und leider sehr weit verbreitetes Problem! Vor allem unter Müttern findet oft ein regelrechter Wettbewerb statt: „Also mein Konstantin kann schon greifen und ist doch jünger als Dein Jannes!" oder „Die Marie konnte schon mit acht Monaten laufen!" Oft ändert sich das keinesfalls, wenn die Kinder bereits erwachsen sind: „Mein Sohn studiert übrigens Jura."

Lassen Sie sich von solchen Vergleichen nicht verunsichern, Sie sind keine Rabeneltern! Ihr Kind ist individuell und absolut akzeptabel so, wie es ist. Wenn Sie Ihr Kind häufig vergleichen, dann wird es das Gefühl bekommen, fehlerhaft und ungenügend zu sein. In der Folge entwickelt es ein geringes Selbstwertgefühl. Vergleiche sollten generell ausbleiben, ganz egal, ob Ihr Kind hochsensibel ist oder im Rahmen seiner Entwicklung etwas länger braucht. Vergleiche mit anderen reduzieren nachweislich das Selbstwertgefühl und führen dazu, dass Kinder und später Jugendliche und Erwachsene sich nie gut genug fühlen. Das kann das ganze Leben über negative Folgen haben, sodass Sie im Idealfall von Anfang an die ständigen Vergleiche unterlassen. Das können Sie ebenfalls der übrigen Familie sowie Bekannten und Freunden mitteilen.

Solche Vergleiche können dazu führen, dass das Kind immer dem Anspruch seiner Eltern gerecht werden will. Es wird sich gezwungen fühlen, sich anzupassen. Dies behindert jedoch die freie Entwicklung und Entfaltung des hochsensiblen Kindes. Kein Kind muss ständig die Nase vorn haben. Vermitteln Sie Ihrem Kind, dass es genauso in Ordnung ist, wenn es den dritten oder auch mal einen letzten Platz belegt. Ansonsten kann es dazu neigen, es immer jeder Person recht machen zu wollen. Doch irgendwann wird das mühsam errichtete Kartenhaus zusammenfallen und kann zum Beispiel in einem Burnout enden. Geben Sie Ihrem Kind daher stets das Gefühl, dass es genügt und für Sie genau so, wie es ist, perfekt und richtig ist.

Im Überblick

wichtige Tipps für Eltern hochsensibler Kinder:

- *Vermindern Sie akustische Reize zu Hause. Beispiel: Erledigen Sie das Staubsaugen, wenn die Kinder im Kindergarten oder in der Schule sind.*
- *Reduzieren Sie visuelle Reize (Medienkonsum begrenzen, grelles Licht vermeiden).*
- *Treffen Sie bevorzugt nur kleine Personengruppen mit Ihrem Kind.*
- *Beginnen Sie den Tag in Ruhe und sorgen Sie für klare Strukturen.*
- *Verbringen Sie gemeinsam viel Zeit in der Natur.*
- *Planen Sie genug Zeiten für Erholung ein.*

- *Bieten Sie Ihrem Kind Rückzugsmöglichkeiten.*
- *Erklären Sie Ihrem Kind, warum Sie eine bestimmte Grenze setzen.*
- *Nehmen Sie Kontakt mit anderen Eltern hochsensibler Kinder auf.*
- *Ärgern Sie sich nicht, dass Ihr Kind nicht dem Durchschnitt entspricht – Ihr Kind ist einzigartig!*
- *Suchen Sie sich Gesprächspartner, mit denen Sie über Ihr Kind offen und ehrlich reden können, ohne dass man sie abwertet oder in eine Schublade steckt.*
- *Achten Sie gut auf sich selbst und schaffen Sie sich eigene Freiräume.*

Die Unterstützung und Förderung hochsensibler Kinder ist enorm wichtig, da dadurch die richtigen Grundlagen geschaffen werden. Natürlich kommt es allen Versuchen zum Trotz immer wieder zu Problemen im Alltag, mit denen speziell hochsensible Kinder zu kämpfen haben. Diese möglichen Schwierigkeiten von Anfang an zu kennen, kann dabei helfen, regelrechte Fallen zu umgehen. Außerdem erhalten Sie genau wie Ihr Kind dadurch die Möglichkeit, sich auf verschiedene schwierige Situationen vorzubereiten.

Probleme

Im Alltag

Hochsensible Kinder kämpfen im Alltag, im Kindergarten und in der Schule häufig mit einigen besonderen Herausforderungen. Dabei stehen oft die Schwächen der hochsensiblen Kinder zu sehr im Vordergrund. Umso wichtiger ist es, dass Sie die Stärken Ihres Kindes fokussieren, diese festigen und ihm bei Schwierigkeiten Unterstützung anbieten. Setzt man sich genauer mit der Andersartigkeit hochsensibler Kinder auseinander, dann kann man sie besser verstehen und respektieren. Zudem nimmt man bei auftretenden Problemen eher Rücksicht und kann sinnvoll unterstützen.

Was hochsensiblen Kindern im Alltag Probleme bereiten kann:

- *Überstimulierung durch viele Reize im Kindergarten oder Klassenzimmer*
- *ständig wechselnde Situationen*
- *das Gefühl, „anders" als andere Kinder zu sein und dass dies negativ ist*
- *das Gefühl zu langsam, minderwertig oder weniger intelligent zu sein als andere*
- *aufgrund ihrer Andersartigkeit zum Außenseiter zu werden*
- *sich bei Teamsport nicht so wohl und beobachtet zu fühlen*
- *überall Probleme zu wittern*

- *sich durch ihre Emotionalität sehr lange mit alltäglichen Dingen zu beschäftigen, zum Beispiel mit einer schlechten Note*
- *die Dinge oft persönlich zu nehmen*
- *selten mit sich zufrieden zu sein und zu Selbstvorwürfen zu neigen*

Eine der größten Stärken hochsensibler Kinder ist ihr Mitgefühl. In den genannten vermeintlichen Schwächen liegen jedoch noch viele weitere Stärken. Dass hochsensible Kinder Gesagtes oft sehr persönlich nehmen, bedeutet zugleich, dass sie die Dinge hinterfragen, anstatt sie lediglich abzunicken. Sie haben eine gute Intuition und erkennen leicht Stimmungen. Aufgrund ihrer Empathie haben sie eine Abneigung gegen Gewalt und setzen sich oft für Schwächere ein. Zwar hängen sie Geschehnissen gedanklich lange nach, aber dies bedeutet zugleich, dass sie über eine reiche Gefühls- und Gedankenwelt verfügen und besonders lebendig sind. Sie sehen, dass Hochsensibilität bei weitem nicht immer nur problematisch sein muss, sondern auch Vorteile und Stärken beinhaltet.

Hochsensible Kinder

im Kindergarten und in der Schule

Der Eintritt in den Kindergarten ist für die meisten hochsensiblen Kinder nicht leicht. Sie müssen sich erst an die neuen Bezugspersonen gewöhnen und fühlen sich schnell überfordert von den vielen neuen Eindrücken. Auf diese Überreizung können die hochsensiblen Kinder ganz unterschiedlich reagieren, zum Beispiel mit:

Rückzug	*Bauchschmerzen*
Kopfschmerzen	*Konzentrationsproblemen*
Gereiztheit	*Unruhe*
Trotz	*Weinen*
Schlafproblemen	*Durcheinandersein*

Den Schulbeginn erleichtern

Der Schulbeginn ist für hochsensible Kinder ebenso wie der Eintritt in den Kindergarten mit Stress verbunden und fällt ihnen oftmals ganz und gar nicht leicht. Dennoch können Eltern vieles dafür tun, dass der Schulstart gut zu bewältigen ist.

Ein Beispiel zeigt die Schwierigkeiten und Probleme auf, die sich beim Schulstart für hochsensible Kinder ergeben können:

Eben noch freute sich der sechsjährige hochsensible Jason darüber, in die Schule zu dürfen. „Endlich bin ich kein Kindergartenkind mehr, jetzt

gehöre ich zu den Großen!" Stolz trug er seinen neongrünen Schulranzen mit den vielen darin befindlichen neuen und interessanten Sachen. Doch dann kam alles anders als gedacht: Die ersten Schulstunden sind lang und anstrengend. Jason fällt es schwer, still zu sitzen und sich zu konzentrieren. Im Kindergarten konnte er spielen, wenn er wollte, und sich eine ruhige Beschäftigung suchen, wann er wollte. Doch nun muss er, wie 26 andere Kinder, mehrere Stunden lang dem Unterricht folgen. Der Geräuschpegel nimmt zu und Jason bekommt Kopfschmerzen. Ihm ist warm. Durch die Vielzahl an Eindrücken kann er dem Geschehen nur mit großer Anstrengung folgen. Endlich klingelt es zur Pause, Jasons Mitschüler stürmen aus dem Klassenzimmer. Jason läuft erst hinaus, als der ganze Trubel sich etwas beruhigt hat. Auf dem Schulhof sind seine Mitschüler bereits voll im gemeinsamen Spiel. Jason möchte mitspielen, doch er traut sich nicht zu fragen und hofft stattdessen, dass er gefragt wird. Ohne es zu wollen, wird Jason schnell in eine Außenseiterposition gedrängt – und fühlt sich zusätzlich überfordert von den vielen Eindrücken, von der ganz neuen Situation an der Schule.

Während es jedoch im Kindergarten meist noch Rückzugsorte gibt, werden die hochsensiblen Kinder in der Schule, wie in diesem kurzen Beipiel dargestellt, vor neue Herausforderungen gestellt. Der Ablauf des Unterrichts wird von Schule und Lehrern bestimmt. Die Kinder können keine Gruppen mehr wählen oder entscheiden, was sie gern tun möchten. Sie verfügen daher über deutlich weniger freie und „eigene" Zeit. Statt in ihrem eigenen Tempo lernen zu können, müssen sie sich an den Schulrhythmus anpassen. Es geht nun nicht mehr um Spiel und Spaß, sondern um Leistung. Viele hochsensible Kinder reagieren daher bereits auf die Einschulung sehr stark. Nicht selten sind die Kleinen anfangs überfordert und beginnen zu weinen. Im Laufe der Zeit kann sich eine regelrechte Abneigung der hochsensiblen Kinder gegen die Schule entwickeln, vor allem dann, wenn die Kinder aufgrund ihrer Andersartigkeit von Mitschülern abgelehnt und gehänselt werden. Dann sind nicht nur Verständnis, sondern auch gute Strategien seitens der Eltern besonders wichtig, damit die Schulzeit nicht zur Tortur für das Kind wird.

Was Ihrem hochsensiblen Kind den Schulbeginn erleichtern kann:

- *gemeinsame Schnuppernachmittage*
- *sich mit dem Schulhof vertraut machen*
- *regelmäßig über den Schulbeginn sprechen*
- *das Kind durch Kinderbücher und Geschichten mit der Schule vertraut machen*
- *über den Tag und das, was das Kind in der Schule erlebt hat, sprechen*
- *fördern Sie Ihr Kind, aber überfordern Sie es nicht*
- *beziehen Sie Ihr Kind in Ihre Entscheidungen mit ein*

Mit seinem Kind über den Schulbeginn zu reden, ist selbstverständlich für jedes Kind wichtig. Nur so können sich die Kinder auf die neue Situation einstellen. Hochsensible Kinder brauchen hierfür meist länger Zeit. Statt der üblichen Lernmethoden eignen sich für hochsensible Kinder übrigens oftmals zeitgemäße Lernmethoden wie die nach Freinet, Steiner oder Montessori besser. Hier kommt es ein wenig auf Ihre persönliche Einstellung sowie auf den Charakter Ihres Kindes an. Manche hochsensiblen Kinder schaffen es nach einiger Zeit, besser mit der Schule zurechtzukommen, andere hingegen nicht. Es ist essenziell, diese Schwierigkeiten nicht nur zu erkennen, sondern auch zu akzeptieren. Natürlich brauchen Kinder eine gute Schulbildung, doch die individuellen Besonderheiten sollten akzeptiert werden, um es den Kindern leichter zu machen. Durch Lernmethoden wie die genannten können hochsensible Kinder in vielen Fällen noch besser am Unterricht teilnehmen und sich entfalten.

Hochsensible Kinder und Mobbing

Da hochsensible Kinder zunächst vorsichtig und oft ängstlich und zurückhaltend wirken, ist das Risiko groß, dass sie zu Außenseitern werden. Sobald ein Kind vom Durchschnitt abweicht, steigt zudem die Gefahr, dass es Opfer von Mobbing wird. Mobbing trifft hochsensible Kinder daher eher als normalsensible Kinder. Generell kann Mobbing jedes Kind, jeden Teenager und jeden Erwachsenen betreffen. Doch Andersartigkeiten führen besonders häufig dazu, dass eine Person ausgegrenzt wird, und hochsensible Kinder sind eben anders als normalsensible Kinder.

Manchmal werden diese Kinder schon im Kindergarten ausgeschlossen oder schikaniert. Viele hochsensible Kinder wirken anfangs ängstlich, vorsichtig und zurückhaltend oder gar langsam. Andere hochsensible Kinder stechen eher dadurch heraus, dass sie viele Fragen stellen, sie interessieren sich für viele Dinge und lösen die Dinge auf eine kreative Art. Bei ihren Mitschülern kann dies Neid oder Minderwertigkeitsgefühle auslösen und Mobbing begünstigen. Eine höhere Intelligenz oder bessere schulische Leistungen können ebenfalls dazu führen, dass andere Kinder besonders gemein werden. Das hochsensible Kind wird daher schnell zur Zielscheibe für Angriffe. Es hilft dann nicht nur, wenn Sie sich mehr mit dem Thema „Mobbing" beschäftigen, sondern auch, wenn Sie mit Ihrem Kind darüber sprechen. Auf diese Weise ist die Wahrscheinlichkeit größer, dass Sie um Hilfe gebeten werden und das Kind nicht einfach nur alles herunterschluckt.

Zunächst einmal ist zwischen direktem und indirektem Mobbing zu unterscheiden:

Direktes Mobbing	**Indirektes Mobbing**
Auslachen	*Verbreitung von Lügen und Gerüchten (hierzu zählt ebenso Cybermobbing)*
Beleidigen	*Ausgrenzung*
Bloßstellen	*Ignorieren*
Abwertende Worte und Handlungen	*Zurückhalten von Informationen*
Schubsen, Zwicken, Schlagen, Beinstellen	*Zurückhalten von Lob seitens*

- *Erpressen*
- *Nötigen, Drohen*
- *der Lehrer, obwohl Schüler es verdient hätten*
- *Stehlen oder Zerstörung von Eigentum*

Meist gibt es zwei oder drei Kinder, die mit dem Mobbing beginnen. Andere Kinder beteiligen sich oft daran aus Angst, selbst aus der Gruppe ausgestoßen zu werden. Viele (hochsensible) Kinder leiden lange im Stillen, bevor sie davon erzählen, dass sie gemobbt werden, oder es jemand bemerkt. Mobbing läuft häufig verdeckt ab und die betroffenen Kinder sind meist eingeschüchtert. Sie trauen sich weder ihren Eltern noch ihren Lehrern davon zu erzählen. Die Wut über die Ungerechtigkeit und die Trauer über das Außenseitertum machen sie mit sich selbst aus. Manchmal sehen zudem die Lehrer weg. Sie meinen, dass die Kinder Streitereien unter sich ausmachen sollten. Dadurch wird Mobbing leider noch begünstigt, wobei es ohnehin in vielen Schulen bereits ein großes Problem darstellt.

Anzeichen bei Kindern, die gemobbt werden, können folgende sein:

- *Das Kind hat Angst davor, zur Schule zu gehen.*
- *Die Noten verschlechtern sich.*
- *Es klagt häufig über Kopf- oder Bauchschmerzen.*
- *Es schläft schlecht.*
- *Das Kind hat Albträume.*
- *Das Kind zieht sich sehr zurück.*
- *Es hat keinen Appetit.*

- *Das Kind hat blaue Flecken.*
- *Es bringt beschädigte Schulsachen mit nach Hause.*
- *Die Kleidung ist manchmal nach der Schule zerrissen.*
- *Sein Selbstbewusstsein sinkt.*

Wenn Sie den Verdacht hegen, dass Ihr Kind schikaniert wird, dann sprechen Sie zunächst mit ihm. Bewahrheitet sich der Verdacht, dann vermitteln Sie ihm, dass es keine Schuld daran trägt.

Sprechen Sie mit der Schulleitung, dem Elternbeirat, Lehrern und Schulsozialarbeitern. Reden Sie mit Ihrem Kind über das, was vorgefallen ist, und über seine Gefühle. Spielen Sie die Situation auf keinen Fall herunter und nehmen Sie Ihr Kind unbedingt ernst. Spürt das Kind, dass man seine Gefühle nicht ernst nimmt, wird es sich noch mehr verschließen. Es wird seine Gedanken und Gefühle gar nicht mehr mitteilen und Ihnen folglich in Zukunft nichts mehr erzählen, falls es wieder zum Opfer von Mobbing wird.

Was Sie noch tun können, wenn Ihr Kind schikaniert wird:

- *Führen Sie ein Tagebuch über alle Vorfälle gemeinsam mit Ihrem Kind.*
- *Bieten Sie Ihrem Kind an, dass es jederzeit mit Ihnen sprechen kann.*
- *Bauen Sie es durch Anerkennung und Lob auf.*
- *Üben Sie mit Ihrem Kind durch Rollenspiele ein, wie es sich bei Angriffen verhalten kann.*

- *Treten Sie nicht direkt in Kontakt mit dem Täter, suchen Sie einen Vermittler.*
- *Ein Schulwechsel kann sinnvoll sein, sollte aber die letzte Lösung darstellen.*

Ihrem hochsensiblen Kind helfen Sie vor allem dadurch, dass Sie es dabei unterstützen, seine Andersartigkeit zu verstehen und zu akzeptieren. Kinder, die wissen, dass sie liebenswert und „in Ordnung" sind, können der Welt selbstbewusster und gestärkt entgegentreten. Ein Hobby oder die Mitgliedschaft in einem Verein hilft Ihrem Kind zudem, Selbstvertrauen zu entwickeln und Kontakte zu knüpfen.

Um Cybermobbing zu vermeiden, ist es nötig, dass Sie Ihr Kind frühzeitig über die Gefahren und die richtige Nutzung sozialer Medien aufklären. Sehr private oder zu viele Informationen und Bilder sollten nicht ins Netz gelangen! Richten Sie am besten bei jüngeren Kindern gemeinsam ein Profil in den sozialen Netzwerken ein. Überprüfen Sie regelmäßig die Privatsphäre- und Sicherheitseinstellungen. Sollte Ihr Kind von Cybermobbing betroffen sein, sammeln sie Beweismaterial

(Screenshots). Blockieren Sie die mobbende Person in den sozialen Netzwerken. Sprechen Sie zudem mit der Schulleitung und erstatten Sie in schwerwiegenden Fällen eine polizeiliche Anzeige. Es ist absolut notwendig, damit aufzuhören, alles herunterzuspielen, wenn es um Cybermobbing geht.

Wie Sie Ihrem Kind helfen, *im Alltag gut zurechtzukommen*

Auf neue Situationen vorbereiten

Hochsensible Kinder lassen sich schnell durch Situationen verunsichern, auf die sie nicht vorbereitet sind. Ändern sich die Strukturen, so kann dies für hochsensible Kinder eine Herausforderung sein. Dies kann bestimmte Stimmungen im Raum betreffen, aber auch eine Änderung des Alltags in der Schule, zum Beispiel in Form von Projektwochen, Ausflügen, Klassenfahrten und Ferien. Vorbereitung ist hier entscheidend, um es für das hochsensible Kind einfacher zu machen. Bereiten Sie Ihr Kind folglich frühzeitig auf Veränderungen vor.

Fördern, aber nicht überfordern

Hat Ihr Kind Probleme mit bestimmten Schulfächern, überfordern Sie es nicht mit (zu) vielen Förderunterrichtsstunden. Erlauben Sie Ihrem Kind, es selbst zu sein, und unterstützen Sie es bei der Entwicklung seiner Kreativität. Im Idealfall entdecken Sie spielerische Möglichkeiten, um Ihr Kind zu unterstützen und sich in den jeweiligen Fächern zu verbessern. Selbst Mathe oder Englisch können durch gezielte Spiele und die Einbringung der eigenen Kreativität mehr Spaß machen. Dann werden die Noten ganz sicher besser – und Sie erreichen mehr als durch zahlreiche Nachhilfestunden.

Hochsensible Teenager unterstützen

Auch ältere Kinder benötigen noch die Unterstützung ihrer Eltern in bestimmten Dingen. Hat Ihr Kind den ersten Liebeskummer und zieht sich mit gebrochenem Herzen in sein Zimmer zurück? Überlegen Sie, wie Sie Ihr Kind unterstützen können, bieten Sie ihm an, über seinen Kummer und Schmerz zu sprechen. Dies sollten Sie natürlich nicht nur bei Liebeskummer tun.

Hören Sie auf Ihre Intuition. Braucht Ihr Kind Unterstützung bei der Berufswahl? Ist es unsicher darüber, wo seine eigenen Stärken und Schwächen liegen? Traut es sich wenig zu und steht sich manchmal selbst im Weg? Oder benötigt es vielleicht Hilfe, um die Schule zu meistern?

Anders zu sein ist in Ordnung

Hochsensible Kinder erwecken mitunter den Eindruck, langsam oder weniger intelligent zu sein, weil sie sich anfangs zurückhalten und länger nachdenken als andere. Sie nehmen sehr viele Eindrücke auf einmal wahr, deutlich mehr als normalsensible Kinder. Dadurch benötigen sie mehr Zeit für die Verarbeitung ihrer Gedanken und Gefühle.

Der Vergleich des eigenen Kindes mit anderen Kindern ist auch für Eltern belastend. Versuchen Sie, die Andersartigkeit Ihres Kindes als etwas Positives anzusehen. Ihr Kind ist nicht durchschnittlich. Vermitteln Sie Ihrem Kind, dass sein Anderssein völlig akzeptabel und dass es eine liebenswerte Person ist.

Neinsagen trainieren

Hochsensiblen Kindern fällt es häufig schwer, Grenzen zu setzen. Es kann passieren, dass andere Kinder dies ausnutzen. Sie fragen das hochsensible Kind zum Beispiel, ob es ihnen Geld leiht (welches sie dann oft nicht zurückgeben) oder ob sie Hausaufgaben abschreiben dürfen. Die sensiblen Kinder neigen dazu, sich zu stark anzupassen und eigene Bedürfnisse hintanzustellen. Sie warten zu lange, bevor sie Grenzen setzen, und explodieren dann eines Tages.

Hier hilft es, wenn Sie Ihrem Kind so früh wie möglich vermitteln, dass es völlig in Ordnung ist, Nein zu sagen. Außerdem ist es wichtig, nicht nur Grenzen aufzuzeigen, sondern auch das Selbstbewusstsein des Kindes zu stärken. Dadurch lassen sich hochsensible Kinder nicht mehr so viel gefallen und wollen anderen Kindern nicht ständig alles recht machen.

Selbstbewusstsein stärken

Kindern, die geringschätzig von sich reden oder sich nichts zutrauen, mangelt es häufig an Selbstwertgefühl. Bei vielen der hochsensiblen

Kinder zeigt sich dies unter anderem durch häufige Traurigkeit, extreme Schüchternheit, Frust und zahlreiche Ängste. Vor allem aber ist es die Angst, etwas Neues auszuprobieren.

So können Sie Ihr hochsensibles Kind in seinem Selbstbewusstsein und Selbstwertgefühl stärken:

- *Seien Sie ein positives Vorbild.*
- *Geben Sie ihm so viel Liebe und Zuwendung wie möglich.*
- *Bringen Sie ihm Anerkennung und Wertschätzung entgegen.*
- *Heben Sie die Vorteile der Hochsensibilität vor.*
- *Helfen Sie Ihrem Kind, in geeigneten Kindergruppen Fuß zu fassen.*
- *Drohen Sie dem hochsensiblen Kind niemals (zum Beispiel mit Liebesentzug, wenn es etwas Bestimmtes nicht tun möchte).*
- *Geben Sie ihm Zeit geben, um sich vom Alltag auszuklinken.*
- *Helfen Sie dem Kind zu benennen, warum es in manchen Situationen anders reagiert als andere.*
- *Ziehen Sie keine Vergleiche zu anderen Kindern.*
- *Lassen Sie bestimmte Erwartungshaltungen los (zum Beispiel „Sei doch einfach normal!“).*
- *Übertragen Sie Ihrem Kind Verantwortung.*
- *Unterstützen Sie Ihr Kind, aber lassen Sie es ebenfalls aus seinen Fehlern lernen.*

Hören Sie zu – das hochsensible Kind braucht nicht immer eine fertige Lösung, es möchte einfach nur gesehen werden.

Machen Sie sich bewusst, dass hochsensible Kinder mit geringem Selbstbewusstsein, die anderen alles recht machen wollen oder sich immer anpassen, auch als Erwachsene so sein werden. Das führt zu vielen Schwierigkeiten im Leben, die nicht sein müssten. Hochsensible haben mit Ihrer besonderen Charaktereigenschaft schließlich schon genug zu tun und sollten sich nicht auch noch damit beschäftigen müssen, dass sie beispielsweise ständig ausgenutzt werden.

Wenn die Eltern oder ein Elternteil ebenfalls hochsensibel sind

Hochsensibilität ist wie gesagt vererbbar, das heißt als Elternteil ist man eventuell selbst davon betroffen. Die hochsensible Elternschaft schwankt nicht selten zwischen zwei extremen Polen: zwischen Empathie und Reizüberflutung, Liebe und Erschöpfung. Hochsensible entwickeln eher Schuldgefühle als andere Personen und davon sind hochsensible Eltern nicht ausgenommen. Viele hochsensible Eltern leiden unter chronischem Schlafmangel, sie sind schneller gestresst und fühlen sich leicht unzulänglich, gerade dann, wenn das Kind ebenfalls hochsensibel ist und viel Aufmerksamkeit benötigt oder wenn es nicht schlafen will, ständig aufwacht oder unzufrieden ist.
Hochsensible Eltern fühlen sich aber auch oft durch ihren Nachwuchs fremdbestimmt.

Während und nach der Geburt prasseln extrem viele Eindrücke auf die hochsensiblen Eltern ein. Ab der Schwangerschaft trägt die Mutter die Verantwortung für ihr Kind und nicht mehr nur für sich selbst. Das kann einen enormen Stress für die Mutter bedeuten. Hochsensible Eltern neigen eher dazu, sich mit anderen Eltern zu vergleichen, was ein zusätzlicher Stressfaktor ist. Sie sind sehr vorsichtig und haben eher die Sorge, etwas zu tun, was ihrem Kind schaden könnte. Dies kann äußerst erschöpfend und kraftraubend sein. Als hochsensibler Vater und hochsensible Mutter sollten sie daher während und nach der Schwangerschaft unbedingt auf sich selbst achten. Verlieren Sie sich nicht im Außenbild und lassen Sie sich nicht davon beeinflussen, was die Gesellschaft möglicherweise über Sie denkt. Folgende Aussagen sind hier wichtig und tragen dazu bei, dass Sie sich bewusst machen, dass es um Sie und nicht um alle anderen geht:

- *Sie dürfen Sie selbst bleiben!*
- *Sie dürfen Aufgaben delegieren!*
- *Sie dürfen Milch abpumpen, wenn Ihnen die Nähe des Stillens gerade zu viel ist!*
- *Sie dürfen sich ohne Kind verabreden und über andere Themen als Windeln reden!*
- *Sie dürfen Ihre Bedürfnisse kommunizieren, ernst nehmen und danach handeln!*
- *Sie dürfen Stille genießen und schätzen!*
- *Sie dürfen sich eine Auszeit nehmen, auch mal ein Wochenende oder mehrere Tage!*
- *Sie dürfen sich erlauben, manche Dinge anders als andere Mütter und Väter zu machen!*
- *Sie dürfen Ihre eigenen Interessen pflegen!*
- *Sie dürfen auf Ihre Intuition hören!*

Sie müssen nicht direkt nach dem Kindergarten oder der Schule mit anderen Müttern und Vätern und deren Kindern zum Kindersport oder Yoga gehen. Es ist in Ordnung, wenn Sie zwischendurch Ruhe brauchen. Es muss kein pausenloses Programm geben und für das hochsensible Kind sind genügend Freizeit und Ruhe sowieso notwendig. Bedenken Sie, dass auch Fahrzeiten Stress bedeuten. Nehmen Sie sich Auszeiten und suchen Sie sich Unterstützung durch Partner, Familie und Freunde. Vernetzen Sie sich mit anderen Eltern hochsensibler Kinder und mit Personen, die Sie verstehen und wertschätzen. Erlauben Sie es sich, Ihren Hobbys nachgehen zu dürfen. Vertrauen Sie auf Ihre Intuition und bleiben Sie ehrlich zu sich und anderen.

Was tun bei Schlafproblemen und Nachtschreck?

Nachtschreck, oder auch „Nachtterror" oder „Angstschreck" genannt, kommt bei Kindern häufig vor. Insbesondere Kleinkinder und Kinder im Vorschulalter sind davon betroffen. Die Kleinen schrecken plötzlich aus dem Schlaf und schreien oder schlagen um sich. Hochsensible Kinder sind sehr häufig davon betroffen. Bei manchen Kindern rast der

Puls und sie sind schweißgebadet. Sie sind zudem nicht wirklich wach und lassen sich nur schwer beruhigen. Nach ein paar Minuten schläft das Kind jedoch wieder ein und weiß am nächsten Tag nichts mehr davon. Fast jedes Kind soll mindestens einmal davon betroffen sein. Erleben die Eltern den Nachtschreck ihres Kindes zum ersten Mal, kann dies sehr beängstigend sein. In der Regel ist die Schlafstörung aber ungefährlich und harmlos. Mit dem Kinderarzt sollte man dann sprechen, wenn der Nachtschreck über das typische Alter hinaus oder häufig auftritt. Ebenso sollte ein Arzt kontaktiert werden, wenn das Kind unter einer starken Müdigkeit am Tag leidet und andere Familienmitglieder durch seine Schlafstörung beeinträchtigt werden.

Was können Sie tun, wenn Ihr Kind unter Nachtschreck leidet?

- *Beruhigen Sie sich zunächst einmal selbst.*
- *Bleiben Sie in der Nähe Ihres Kindes und warten Sie, bis Ihr Kind sich beruhigt.*
- *Sorgen Sie dafür, dass es sich nicht versehentlich verletzen kann.*
- *Gestalten Sie den Abend vor dem Schlafengehen mit Ihrem Kind ruhig.*

Für die hochsensiblen Kinder ist es notwendig, dass sie die Erlebnisse des Tages gut verarbeiten können. Nachtschreck tritt vor allem dann auf, wenn das Kind erschöpft ist, sowohl körperlich als auch seelisch. Manche Kinder leiden unter Albträumen. Im Gegensatz zum Nachtschreck, den das Kind nicht bewusst mitbekommt, sind Albträume für das träumende Kind schlimm. Gerade jüngere Kinder können noch nicht immer zwischen Traum und Wirklichkeit unterscheiden. Vielen hochsensiblen Kindern hängen Albträume lange nach. Sprechen Sie mit Ihrem Kind über seine Träume. Wenn es von einem Albtraum erschreckt zu Ihnen kommt, dann bieten Sie ihm Schutz und Trost. Albträume von Zeit zu Zeit sind zwar unangenehm, aber normal. Leidet Ihr Kind jedoch regelmäßig unter Albträumen, sollten Sie unbedingt mit einem Arzt sprechen.

Wie Sie Ihrem Kind zu einem besseren Schlaf verhelfen:

- *Sorgen Sie am Tag und am Abend für eine ausgeglichene Atmosphäre.*
- *Sprechen Sie mit Ihrem Kind über seine Erlebnisse am Tag.*
- *Lassen Sie auch am Abend mit Ihrem Kind den Tag Revue passieren, Belastendes sollte jedoch tagsüber besprochen werden.*
- *Lassen Sie Ihr Kind möglichst eine Stunde vor dem Schlafengehen nicht mehr fernsehen.*
- *Sorgen Sie für regelmäßige Essens- und Schlafenszeiten.*
- *Gestalten Sie ein Abendritual mit Ihrem Kind.*

Nehmen Sie sich Zeit für Ihr Kind, nachdem es einen Albtraum hatte, und sorgen Sie in einem solchen Fall für ein Gefühl von Geborgenheit und Sicherheit. Einschlafrituale sind für Kinder enorm wichtig um abzuschalten und reduzieren dadurch sowohl die Wahrscheinlichkeit von Albträumen als auch die Wahrscheinlichkeit von einem Nachtschreck.

Einschlafrituale für hochsensible Kinder

Ein hochsensibles Kind kann meist nicht auf Knopfdruck abschalten und schlafen. Daher ist es sinnvoll, ein liebevolles und ruhiges Einschlafritual zu etablieren. Damit helfen Sie Ihrem Kind, sich vom Abend zu verabschieden. Es kann sich leichter auf die Nacht einstimmen und für den neuen Tag wappnen. Ein Einschlafritual gibt Eltern und Kindern zu-

dem die Möglichkeit, wertvolle Zeit miteinander zu verbringen. Während des hektischen Alltags ist dies oft nicht möglich. Mit einem Einschlafritual bieten Sie Ihrem hochsensiblen Kind daher viel Geborgenheit und Zuwendung. Beginnen Sie möglichst frühzeitig mit der Einstimmung auf die Abend- und Schlafenszeit.

Ideen für Einschlafrituale:

- *Geschichte vorlesen und anschaulich gestalten*
- *mit dem Kind kuscheln*
- *ein kurzes Hörspiel oder ein Lied gemeinsam anhören*
- *ein Lied gemeinsam singen*
- *ein Gebet sprechen oder einen Vers aufsagen*
- *ein kleines Spiel spielen (zum Beispiel das Wetterspiel)*

- *Nachtlichter und Bildprojektionen an der Wand betrachten*
- *ein Schattenspiel spielen*

Manche Kinder mögen es, ihren Kuscheltieren oder dem Haustier „Gute Nacht!" zu sagen und machen dann selbstständig das Licht aus. Jungen Kindern hilft oft ein warmes, entspannendes Bad, um besser zur Ruhe zu kommen. Im nächsten Kapitel widmen wir uns genauer den Themen „Rituale" und „Routinen". Sie erfahren darin, welcher Ablauf hochsensiblen Kinder hilft, gut in den Tag zu starten und ihn ausklingen zu lassen. Der Alltag kann so gestaltet werden, dass er für Kinder optimal ausgerichtet ist. Dadurch schützen Sie Ihr Kind vor zu großer Erschöpfung und davor, ständig überfordert zu sein.

Tipps für den Alltag

mit einem hochsensiblen Kind

Im Alltag ist es unerlässlich, dass hochsensible Kinder neben Hobbys, Hausaufgaben, Sport und Musik ebenso genügend Raum für Freizeit und Rückzug haben. Hilfreich sind zudem klare Strukturen und Abläufe über den gesamten Tag hinweg. Unvorhergesehenes und viele Veränderungen innerhalb kurzer Zeit sind für die meisten hochsensiblen Kinder überfordernd. Es stresst sie und sie reagieren mit Wut, Tränen oder Gereiztheit. Aus diesem Grund sind feste Abläufe für hochsensible Kinder so wertvoll. Idealerweise sollten die Abläufe möglichst in ähnlicher oder in der gleichen Reihenfolge vonstattengehen. Dies bedeutet selbstverständlich nicht, dass es zu besonderen Anlässen oder bestimmten Ereignissen keine Ausnahmen geben darf. Finden Sie heraus, wie viel Struktur Ihr Kind individuell benötigt. Denn es ist ebenso wichtig, dass die Kinder ein gewisses Maß an Flexibilität besitzen.

Hochsensible Kinder können sich allerdings untereinander sehr in ihren Bedürfnissen und Eigenschaften unterscheiden. Für einen entspannten Alltag und ein harmonisches Miteinander ist es daher empfehlenswert, die Bedürfnisse Ihres Kindes so gut wie möglich zu verstehen und den Tag entsprechend nach diesen auszurichten. Sobald Sie merken, wie viel Struktur Ihr Kind benötigt, können Sie den Tag planen und für einen passenden Ablauf sorgen.

Drängen Sie Ihr hochsensibles Kind dennoch nicht, „einfach mal normal zu sein". Lassen Sie sich nicht durch andere Eltern mit „durchschnittlichen" Kindern verunsichern, Ihr Kind muss nicht dem allgemeinen Standard entsprechen. Hören Sie auf Ihre Intuition und unterstützen Sie Ihr Kind dabei, Selbstakzeptanz und einen guten Selbstwert zu entwickeln. Eine unsensible Umgebung führt nämlich dazu, dass (hochsensible) Kinder und Teenager krank werden. Langfristig gesehen können solche Umgebungen ebenfalls für Erwachsene belastend werden und zu Erkrankungen führen. Im Gegensatz zu Kindern und Teenagern haben Erwachsene allerdings mehr Freiraum und Entscheidungsspielraum. Kinder und Jugendliche müssen sich hingegen in ein vorgegebenes System einfügen. Auf lange Sicht führen die Missachtung eigener Bedürfnisse zu emotionaler und körperlicher Erschöpfung. Umso bedeutender ist es, dass die hochsensiblen Kinder schon früh lernen, dass ihre Bedürfnisse völlig akzeptabel sind. Zudem sollten sie erfahren, wie sie auf ihre Bedürfnisse angemessen reagieren können. Immer nur darauf zu drängen, dass sich ein hochsensibles Kind perfekt in das System einfügt, kann hingegen schnell zu Schwierigkeiten führen oder auf lange Sicht tatsächlich krank und unzufrieden machen.

Schaffen Sie *Rituale und Routinen*

Rituale und Routinen helfen hochsensiblen Kindern ganz besonders im Alltag und sollen an dieser Stelle deshalb noch einmal detailliert aufgegriffen werden. Klare Absprachen und ein strukturierter Alltag mit Abend- und Morgenroutinen und genügend Freiraum sind im Übrigen nicht nur für hochsensible Kinder sinnvoll. Sie erleichtern allgemein das Zusammenleben in der Familie, stärken den Zusammenhalt und sorgen dafür, dass genügend Zeit für das Wesentliche bleibt.

Morgenrituale

Stehen Sie früh genug auf und wecken Sie Ihr Kind so, dass es genügend Zeit zum Wachwerden, Waschen und Frühstücken hat. Vermeiden Sie Hektik und Abruptheit am frühen Morgen und planen Sie etwas Zeitpuffer für Unvorhergesehenes ein. In letzter Minute aufzustehen und dann voller Hektik alles zu erledigen und sich anzuziehen, ist keine günstige Vorgehensweise am Morgen. Das ist schließlich sogar für viele Erwachsene schwierig, sodass es besser ist, kleine Zeitpuffer von Anfang an einzuplanen.

Einigen hochsensiblen Kindern fällt das frühe Aufstehen schwer – falls es Ihnen möglich ist, bringen Sie es erst später zum Kindergarten. Bei Schulkindern achten Sie darauf, dass diese rechtzeitig ins Bett gehen und genügend Schlaf bekommen. Verabschieden Sie Ihr Kind liebevoll und mutmachend in die Schule oder in den Kindergarten.

Rituale am Mittag oder Nachmittag

Begrüßen Sie Ihr Kind nach der Schule zum Beispiel mit einer heißen Schokolade oder essen Sie gemeinsam zu Mittag. Sprechen Sie darüber, was es heute erlebt hat, wenn Ihr Kind dies möchte. Akzeptieren Sie aber auch, wenn Ihr Kind erstmal etwas Ruhe braucht. Lassen Sie ihm eine Pause vom Lernen. Eine feste Zeit für Hausaufgaben können Sie dennoch festlegen, aber nicht sofort nach der Schule. Es wird erst einmal etwas Abstand benötigt, um sich von der Schule zu erholen. Stellen Sie sich vor, dass Sie selbst ebenso eine kurze Auszeit nach der

Arbeit brauchen und sich eine solche nehmen. Ähnlich bedeutsam ist dieses Vorgehen für hochsensible Kinder. Was in dieser Zeit am besten gemacht wird, hängt immer davon ab, wonach Ihrem Kind ist und wie die Stimmung gerade ist.

Abendrituale

Sorgen Sie für eine frühzeitige Einstimmung auf den Abend und eine gemütliche Atmosphäre. Das Abendessen sollte nicht zu spät stattfinden, sodass Ihrem Kind noch Zeit für ruhige Tätigkeiten vor dem Schlafengehen bleibt. Ideen für besonders schöne und wirksame Einschlafrituale wurden in Kapitel 3 vorgestellt. Der passende Ausklang des Tages ist essenziell, damit Ihr Kind gut schlafen kann und nach allen Eindrücken des Tages zur Ruhe kommt. Die Abendrituale sind nicht für Kleinkinder, sondern auch für größere Kinder sehr hilfreich und sollten fest mit zum Alltag gehören.

Saisonale Rituale

Für hochsensible Kinder sind auch saisonale Rituale besonders schön. Sie geben ihnen eine zeitliche Orientierung und stimmen sie auf die kommende Jahreszeit ein. Pflanzen Sie mit Ihrem Kind zum Beispiel Blumen im Frühjahr, bemalen Sie Ostereier oder basteln Sie Osterhasen. Schwimmen gehen im Sommer, Blätter und Kastanien sammeln im Herbst und Plätzchen backen an Weihnachten sind weitere schöne Traditionen. Die Kinder lernen dadurch außerdem, dass jede Jahreszeit schöne Seiten hat, und freuen sich darauf. Nicht zuletzt beinhalten viele der klassischen saisonalen Rituale Auszeiten in der Natur. Viele hochsensible Kinder lieben Spaziergänge im Herbstwald oder die Arbeit im Garten, da es viel in ihrem eigenen Tempo zu entdecken gibt.

Reizminderung & Erholung

für hochsensible Kinder

Feste Rituale und Routinen sind für die meisten hochsensiblen Kinder äußerst hilfreich. Vergessen Sie dabei jedoch nicht, dass Ihr hochsensibles Kind gleichermaßen genügend Freiraum, Freizeit und Rückzugsorte benötigt. Hochsensiblen Kindern hilft eine reizarme Umgebung. Vermindern Sie übertriebene visuelle und auditive Einflüsse im Umfeld Ihres Kindes. Nur so kann sich Ihr Kind von den vielen Reizen erholen, die tagtäglich im Alltag auf es einströmen. Straßenlärm, Werbung, offene Plätze und Spielplätze ebenso wie elektronische Medien bedeuten für Ihr Kind eine Dauerberieselung durch verschiedene Reize. Sorgen Sie daher unbedingt dafür, dass Ihr Kind nicht einer ständigen Reizüberflutung ausgesetzt ist. Vielen hochsensiblen Kindern helfen beispielsweise geschlossene anstelle von offenen Regalen und Schubkästen, da sie hierdurch weniger abgelenkt werden. Lässt sich Ihr Kind durch sein Smartphone oft ablenken, ist es hilfreich, dieses auszuschalten, oder aber die Nutzungszeiten werden stark begrenzt, damit das Smartphone nicht ständig verfügbar ist. Das hochsensible Kind kann sich infolgedessen besser konzentrieren und dadurch wird zum Beispiel die Hausaufgabenzeit kürzer.

Es bleibt mehr Zeit für andere Dinge wie Hobbys, Musik hören und die Familie. Und somit bleibt mehr Zeit, um die Kindheit zu genießen. Sich von den digitalen Medien eine Auszeit zu gönnen und diese Zeit gemeinsam mit der Familie zu nutzen, ist in jeder Hinsicht hilfreich. Das gilt nicht allein für hochsensible Kinder, doch für diese gilt es ganz besonders!

Potenziale fördern

Ein wesentlicher Entwicklungsschritt für Kinder und Teenager ist das Entdecken der eigenen Potenziale, Fähigkeiten und Interessen. Bei hochsensiblen Kindern und Teenagern kann dieser Prozess allerdings etwas länger andauern als bei anderen. Das ist jedoch normal und sollte nicht dazu führen, dass Sie sich Sorgen machen. Hochsensible Kinder brauchen Zeit, um herauszufinden, was ihnen liegt und was nicht. Helfen Sie Ihrem Kind dabei, seine Potenziale und Interessen zu entdecken. Vermeiden Sie es jedoch, ihm Ihre eigenen Interessen aufzudrängen und jede Schwäche ausbügeln zu wollen. Beobachten Sie Ihr Kind stattdessen und spiegeln Sie es. Helfen Sie Ihrem Kind, auf seine innere Stimme zu hören und seiner Intuition zu folgen. Fördern Sie die Selbstwirksamkeit Ihres Kindes und bringen Sie ihm bei, dass es die Kraft hat, etwas zu bewegen. Auf diese Weise können Sie gemeinsam herausfinden, was Ihrem Kind liegt und welche Interessen vorhanden sind.

Stellen Sie sich zum Beispiel folgende Fragen:

- *Was tut Ihr Kind gern, bei welchen Tätigkeiten geht es so richtig auf?*
- *Gibt es Tätigkeiten, die Ihr Kind zwar in der Gruppe vermeidet, aber allein gern tut?*

Schutz durch die Eltern zu erfahren, ist definitiv wichtig, zum Beispiel den Schutz vor Übergriffen oder aber vor den üblichen Standardmaßstäben. Doch beachten Sie den Entwicklungstand Ihres Kindes, was können Sie ihm zumuten und wann ist es zu viel? Insbesondere dann, wenn die Eltern ebenfalls hochsensibel sind, neigen sie nämlich dazu, ihr Kind zu sehr antreiben oder beschützen zu wollen. Oft haben sie als Kinder nicht ausreichend Halt erfahren, die Hochsensibilität wurde nicht erkannt und sie hatten deshalb große Schwierigkeiten. Sie möchten daher nicht, dass ihr Kind in dieselbe Situation gerät wie sie damals. Reflektieren Sie sich selbst und stellen Sie sich folgende Fragen:

- *Erwarte ich, dass mein Kind nicht wegen seiner Andersartigkeit auffällt?*
- *Habe ich Angst, dass mein Kind von anderen Kindern ausgeschlossen wird?*
- *Was projiziere ich auf mein Kind?*
- *Versuche ich aufgrund meiner eigenen Erfahrungen, mein Kind extrem zu beschützen?*

Davon sind übrigens nicht nur hochsensible Eltern betroffen. Als Eltern versucht man, das hochsensible Kind ganz besonders zu schützen oder zu fördern und vergisst dabei, wie wichtig es ist, dass Potenziale vom Kind selbst entdeckt und ausgelebt werden sollten.

Hochsensible Kinder und Kleidung

Einige hochsensible Kinder haben spezielle Kleidungswünsche und -vorlieben, was für die Familie herausfordernd sein kann. Es gibt hochsensible Kinder, die bestimmte Kleidungsstücke, Stoffe oder Materialien als unangenehm empfinden. Manche Kinder tragen beispielsweise ungern Kleidung, die bis zum Bauchnabel reicht. Auch Rollkragenpullis, Schals, Overalls, Pullover oder Shirts mit Etiketten sind für viele hochsensible Kinder ein Problem. Selbst wenn manche hochsensiblen Kinder keine speziellen Kleidungswünsche äußern, kann es sein, dass sie bestimmte Stoffe nicht vertragen. Viele von ihnen haben eine empfindliche Haut und reagieren auf bestimmte Stoffe oder Waschmittel sensibel bis allergisch. Hochsensible Kinder sind leider anfällig für Hauterkrankungen wie Neurodermitis. Dann hilft es vor allem, so früh wie möglich auf die jeweiligen Besonderheiten zu achten und dafür zu sorgen, dass mögliche Unverträglichkeiten festgestellt werden. Im Anschluss werden die jeweiligen Stoffe oder Waschmittel gemieden, um keine entsprechende Reaktion mehr zu fördern.

Enge Kleidung empfinden viele hochsensible Kinder als unangenehm. Sie lehnen es beispielsweise sehr häufig ab, Strumpfhosen, enganliegende Oberteile, Socken oder Hosen zu tragen. Die meisten von ihnen mögen es zudem gar nicht, nasse oder schmutzige Kleidung zu tragen, und einige hochsensible Kinder verweigern es sogar, sich neue Kleidung anzuziehen. Mitunter wird Schmuck wie Ketten und Armbänder am Hals oder Arm abgelehnt, da das Kind diesen als unangenehm oder einengend empfindet. Geben Sie Ihrem Kind nicht das Gefühl, dass es noch zu klein oder zu unwissend sei und daher nicht wisse, was ihm guttäte. Halten Sie Ihrem Kind nicht vor, dass andere Kinder ja auch Strumpfhosen, Kleider oder enge Jeans tragen. Zwingen Sie ihm daher keine Kleidung auf, die es nicht tragen möchte. Hochsensible Kinder wissen meist genau, worin sie sich wohlfühlen. Selbstverständlich können Sie ihm Vorschläge machen und ausprobieren, was das Kind mag und gut verträgt.

Falls bestimmte Materialien als sehr unangenehm empfunden werden, sollten Sie diese aus dem Kleiderschrank verbannen. Versuchen können Sie es zum Beispiel mit Bio-Baumwolle und mit Kleidungsstücken, die keine Etiketten enthalten. Heutzutage gibt es bereits viele passende Stücke zu kaufen, die auch von hochsensiblen Kindern angenommen werden. Falls beispielsweise Rollkragenpullover überhaupt nicht funktionieren, macht es mehr Sinn, einen klassischen Pullover zu verwenden. Dadurch können Sie sich selbst und Ihrem Kind viel Stress ersparen.

Hochsensible Kinder und Essen

Hochsensible Kinder können beim Essen sehr wählerisch sein, was natürlich entsprechend den Familienalltag beeinflusst. Gemeinsames Essen soll das Gemeinschaftsgefühl stärken, doch auch beim Essen reagieren hochsensible Kinder aufgrund ihrer feinen Sinne intensiver als andere. Sie reagieren somit stärker auf bestimmte Nahrungsmittel und Geschmacksrichtungen. Für hochsensible Kinder schmecken daher Speisen schneller scharf, süß oder salzig als für Normalsensible, oft reagieren sie auf eine Geschmacksrichtung besonders stark. Sie neigen eher zu Nahrungsmittelunverträglichkeiten und Allergien. Lassen Sie bei Unklarheiten entsprechende Tests durchführen.

Hochsensible Kinder:

- *mögen häufig kein sehr heißes oder sehr kaltes Essen*
- *mögen keine intensiven Gerüche oder Geschmäcke*

- *mögen breiige Konsistenz oft nicht*
- *(manche) essen nicht gern mit den Händen*
- *(manche) mögen es nicht, wenn ihr Gesicht beim Essen schmutzig wird*
- *(viele) mögen Duftkerzen oder Parfums nicht*
- *(einige) mögen keine Getränke mit Kohlensäure*

Hochsensible Kinder wissen jedoch oft intuitiv, welche Nahrungsmittel sie nicht vertragen, und meiden bestimmte Produkte. Machen Sie sich hierbei bewusst, dass Ihre Wahrnehmung nicht zwangsläufig der Ihres Kindes entspricht, und zwingen Sie Ihr Kind nicht zum Essen. Experimentieren Sie mit der Nahrung und der Zubereitung herum und versuchen Sie, das Essen ansprechend zu gestalten. Sätze wie „Es wird gegessen, was auf den Tisch kommt!" wirken sich negativ aus. Problematisch ist zudem, wenn das Kind gezwungen wird, mehr zu essen, als es möchte. Denn dies führt zu einem gespaltenen Verhältnis zu Essen und mitunter zu Essstörungen. Für viele Erwachsene ist Essen heute daher nur Nahrungsaufnahme, sie hatten nicht die Möglichkeit, einen eigenen Geschmack zu entwickeln. Das sollten Sie Ihrem Kind nicht zumuten, da es sich eindeutig um Methoden handelt, die nicht mehr zeitgemäß sind.

Sorgen Sie auf jeden Fall für eine gesunde Ernährung und bieten Sie Ihrem Kind lieber Obst- und Gemüsesnacks an anstatt viele zuckerhaltige Lebensmittel. Seien Sie ein Vorbild und lassen Sie gesunde Ernährung zur Routine statt zur Ausnahme werden. Manche Eltern haben Angst, dass ihr hochsensibles Kind nicht genügend Nährstoffe erhält. Drohen Sie Ihrem Kind jedoch nicht damit, dass es krank wird, wenn es kein Gemüse isst. Häufig haben die Großeltern der Kinder Probleme zu akzeptieren, wenn die Kinder etwas Bestimmtes nicht essen wollen. Sie selbst stammen mitunter noch aus der Kriegsgeneration, in der Nahrung knapp war. Bei Hektik reagieren Eltern und Großeltern zudem eher genervt, wenn das Kind Nahrung verweigert. Machen Sie sich bewusst, dass auch das normal ist und dass Sie deshalb keine Rabeneltern oder Rabengroßeltern sind. Versuchen Sie, Geduld und Verständnis für das Kind aufzubringen – auch oder gerade dann, wenn es Ihnen sehr schwerfällt.

Besonderheiten, die bei hochsensiblen Kindern beim Essen auftreten können:

- *Einige hochsensible Kinder mögen ihr Essen separiert, beispielsweise soll das Gemüse von Fleisch oder Beilagen getrennt sein.*
- *Sie mögen bestimmte Konsistenzen nicht.*
- *Sie essen manche Speisen nur in bestimmten Zubereitungsformen, zum Beispiel Möhren nur roh oder Brokkoli nur aus der Tiefkühlung.*
- *Beim Essengehen finden Sie nur schwer ein Gericht auf der Karte, welches ihnen schmeckt, und neigen zur Sonderbestellung.*
- *Sie neigen zu Übelkeit bei Essen, welches sie nicht mögen.*
- *Der Geruch von anderem Essen kann dazu führen, dass hochsensible Kinder ihr eigenes Essen ablehnen.*

Einige hochsensible Kinder sind Frühstücksmuffel, sie bekommen am frühen Morgen kaum einen Bissen herunter. Zwingen Sie Ihrem Kind kein Frühstück auf. Aber achten Sie darauf, dass Ihr Kind zumindest eine Tasse Tee, Milch oder Kakao trinkt, bevor es zum Kindergarten oder in die Schule geht. Geben Sie ihm eine appetitliche Pausenmahlzeit mit Obst, Gemüse und gegebenenfalls einer kleinen Süßigkeit sowie einem gesunden Getränk, zum Beispiel Saftschorle oder Wasser, mit. Joghurt und Müsli sind dafür ebenfalls gut geeignet. Es hat sich außerdem herausgestellt, dass viele Hochsensible lieber pflanzliche Lebensmittel essen und Fleisch oder Fisch teilweise ablehnen. Einige Rezepte für Gerichte, die auch hochsensible Kinder annehmen, finden Sie im Bonuskapitel in diesem Buch. Dadurch können Sie ein wenig Obst und Gemüse in passender Form auf den Tisch bringen und überprüfen, ob Ihr hochsensibles Kind diese Gerichte akzeptiert.

Hochsensible Kinder und Körperpflege

Einige hochsensible Kinder haben Probleme beim Nägel- und Haareschneiden. Für manche Kleinkinder sind ebenfalls das Haarewaschen, Duschen oder Baden eine Tortur. Ebenso wenig ist für jedes Kind eine Babymassage angenehm. Ursächlich hierfür kann das noch sehr empfindliche Gleichgewichtsgefühl des Kindes sein. Einige Kinder bekommen Angst, wenn plötzlich Wasser über ihre Augen und Nase läuft. Bestimmte Shampoos brennen auf der Kopfhaut oder in den Augen. Verwenden Sie deshalb milde Shampoos und Seifen und versuchen Sie, Ihr Kind spielerisch zu waschen. Shampoos und Seifen für sensible Haut sind eine gute Lösung und schützen zusätzlich vor unangenehmem Brennen und vor gereizter Haut. Kindern, die Angst vor dem Haarewaschen haben, kann zum Beispiel eine Taucherbrille oder ein Spritzschutz helfen. Ebenso kann das Haarewaschen leichter fallen, wenn die Kleinen ein Spielzeug mit in die Badewanne nehmen dürfen. Ist die Dusche das Problem, kann man probieren, das Wasser mit Hilfe eines Bechers über den Kopf des Kindes laufen zu lassen.

Manche hochsensiblen Kinder, oft sind es die introvertierten, lassen das Baden und Duschen über sich ergehen, obwohl sie es nicht mögen. Es gibt jedoch ebenso Kinder, die das Baden und Haarewaschen sehr genießen. Viele hochsensible Kinder haben trotz Angst vor der Dusche einen ausgeprägten Forschungsdrang: Schränken Sie diesen nicht aus Hygienegründen ein, das heißt, lassen Sie zu, dass sich die Kinder auch einmal schmutzig machen. Ein wenig Schmutz trainiert das Immunsystem von Babys, übertriebene Sauberkeit schwächt es hingegen und kann Allergien begünstigen. Müll, Zigarettenstummel oder leere Flaschen sind jedoch tabu und natürlich sollten Kinder nicht in einem verschmutzten Zuhause leben. Gehen Sie mit Ihrem Kind am besten nicht mit Markenjeans oder Spitzenkleidchen auf den Spielplatz, sondern lassen Sie es toben, spielen und entdecken und verbringen Sie mit Ihrem Kind täglich mindestens zwei Stunden an der frischen Luft.

Freizeitstress vermeiden

Hochsensible Kinder brauchen mehr Pausen und Erholung als normalsensible Kinder. Takten Sie also den Tag Ihres Kindes nicht zu straff durch. Schaffen Sie genügend Pufferzeiten und bauen Sie Pausen zwischen den einzelnen Tätigkeiten und im Tagesgeschehen ein. Bauen Sie keinen Leistungsdruck auf, Ihr Kind muss nicht mit drei Jahren sein erstes Instrument lernen. Freizeitstress kann Stimmungsschwankungen, Schlafstörungen, Magenbeschwerden, Kopfschmerzen und sogar Konzentrationsprobleme bewirken. Beobachten Sie daher Ihr Kind genau und entscheiden Sie individuell, wie viele Hobbys für Ihr Kind in Ordnung sind und wo seine persönlichen Grenzen liegen. Damit das Kind genügend Zeit für sich selbst und andere Dinge hat, sollten Hobbys nicht mehr als zwei bis drei Stunden pro Woche füllen. Oft herrscht zwischen Eltern ein regelrechter Wettbewerb darum, was die eigenen

Kinder alles machen und beherrschen sollen. Von Musikunterricht über Schwimmklassen bis hin zum Klettern, Kampfsport und Kunstunterricht haben viele Kinder heutzutage regelrechten Freizeitstress. Das ist für kein Kind gut, doch vor allem hochsensible Kinder neigen schnell dazu, unter Freizeitstress zu leiden, und bringen den jeweiligen Aktivitäten dann sogar Abneigung entgegen.

Lassen Sie Ihrem hochsensiblen Kind genügend Zeit für freies Spielen mit Freunden. Denn dieses freie Spielen wirkt sich förderlich auf seine sozialen Kompetenzen aus. Durch den Umgang mit Freunden lernen Kinder, eigene Bedürfnisse zu erkennen wie auch auf die Gefühle anderer Rücksicht zu nehmen. Sie lernen außerdem, sich an Regeln zu halten, die nicht speziell durch Erwachsene entstanden sind, und stärken ihre Konfliktfähigkeit. Zeigen Sie Ihrem Kind Möglichkeiten und Techniken zur Stressbewältigung. Für Teenager ist es zum Beispiel in Klausur- und Prüfungsphasen enorm wichtig, dass sie ihren Stress angemessen abbauen können. Doch auch jüngere Kinder benötigen genügend Entspannung und Ausgleich.

Was zum Ausgleich und zur Stressbewältigung hochsensibler Kinder und Jugendlicher beitragen kann:

- *Bedingungslose Wertschätzung und Anerkennung der Eltern*
- *Wenn das Zuhause als Ort der Entspannung wahrgenommen wird*
- *Über Probleme und Sorgen reden*
- *Ablenkungen reduzieren*
- *Kontakt zu Freunden und Spielgefährten*

- *Meditation oder Fantasiereisen*
- *Entspannungstechniken, zum Beispiel Atemübungen, progressive Muskelrelaxation, Tai-Chi*
- *Aufenthalte in der Natur*
- *Pflanzen wirken stressmindernd*
- *sinnvolle und Halt gebende Rituale und Routinen*
- *Bewegungsspiele*
- *Künstlerisch tätig werden*
- *Ein Musikinstrument spielen*
- *Sport*

Finden Sie im Idealfall gemeinsam mit Ihrem Kind heraus, was ihm helfen kann und welche Aktivitäten zum Ausgleich optimal sind.

Freiraum für Wachstum, Kreativität und Freizeit

Hochsensible Kinder benötigen oft viel Freiraum. Besonders in der Pubertät ist es entscheidend, dass die Kinder aus der Rolle des abhängigen und schutzbedürftigen Kindes herauswachsen. Unterstützen Sie diesen Prozess und fördern Sie die Selbstständigkeit Ihres Kindes. Bleiben Sie als Eltern präsent, aber lassen Sie Ihr Kind eigene Erfahrungen machen. Für viele Eltern ist es schwer, ihre Kinder loszulassen, insbesondere dann, wenn sie selbst unter ihrer eigenen Erziehung gelitten haben. Aber es ist nicht unmöglich, die Selbstständigkeit des hochsensiblen Kindes zu fördern und es gleichzeitig zu schützen, wenn nötig. Genügend Freiräume und Zutrauen helfen Ihrem hochsensiblen Kind, selbstbewusst zu werden. Das Aufstellen vieler Pläne und die Vergabe von zu vielen Aufgaben hemmen hingegen seine Entwicklung. Auch häufige Unterbrechungen beim Spielen oder Lernen sind hinderlich für die Entwicklung. Daher ist es für Kinder unerlässlich, dass sie gelegentlich Langeweile haben dürfen, denn hierdurch können sie kreative Ideen entwickeln.

Unterstützen Sie Ihr Kind zudem dabei, sich selbst mit seinen hochsensiblen Eigenschaften anzunehmen. Helfen Sie ihm dabei, eine gute Beziehung zu sich selbst zu erlangen. Sie müssen dabei nicht jede seiner Verhaltensweisen gutheißen oder sich alles gefallen lassen. Es ist daher so bedeutsam, dass Sie Ihrem Kind zeigen, wo Ihre eigenen Grenzen liegen. Stärken Sie Ihr hochsensibles Kind in seinem Selbstvertrauen und unterstützen Sie es dabei, mit seinen Gefühlen umzugehen.

- *Erfahrungen mit Freunden erweitern den Handlungsradius des Kindes und fördern die Konfliktlösungsfähigkeit.*
- *Gelegentliche Langeweile hilft Kindern, an innerer Stabilität und Stärke zu gewinnen.*
- *Jugendlichen und Kindern, die sich akzeptiert und sicher fühlen, fällt es leichter, ihren Körper kennen und lieben zu lernen.*

Als Eltern entspannt bleiben und für genügend Ausgleich sorgen

Bei allen Gedanken und Ratschlägen für Ihr Kind ist es von großer Bedeutung, dass Sie sich selbst genügend Ausgleich und Erholung gönnen. Denn für Kinder ist es essenziell, dass Ihre Eltern ebenso gut für sich sorgen können. Sobald Sie selbst ständig gestresst sind, werden Sie das auf Ihr Kind übertragen und verlieren nicht zuletzt schneller die Geduld. Machen Sie sich deshalb bewusst, dass Ihr hochsensibles Kind besondere Aufmerksamkeit benötigt und Sie ihm diese nur geben können, wenn Sie sich selbst darüber nicht vergessen. Leider neigen gerade Eltern von Kindern mit besonderen Ansprüchen dazu, sich selbst und die eigenen Bedürfnisse zu vernachlässigen.

Folgende Tipps können Ihnen dabei helfen, sich selbst nicht zu vernachlässigen:

- **Sorgen Sie für ausreichend Schlaf:** *Bei jüngeren Kindern ist dies oft gar nicht so einfach, mit einem Partner oder anderweitiger Unterstützung können Sie sich aber gut abwechseln.*

- **Schaffen Sie sich eine kinderfreie Zone:** *Richten Sie sich diesen Ort so ein, wie Sie sich wohlfühlen. Dort dürfen Sie sich zurückziehen, Kraft tanken und sich einmal nicht mit Elternsein beschäftigen.*

- **Planen Sie Zeit allein und gemeinsam ein:** *Reservieren Sie Zeiten nur für sich allein oder gemeinsam mit Ihrem Partner. Das muss nicht eine Woche in Timbuktu sein, schon kleine Auszeiten im Alltag sind wohltuend. Sind die Kinder älter, spricht sicher nichts gegen einen „Babysitter“ und ein romantisches Wellnesswochenende zu zweit.*

- **Lassen Sie sich nicht durch die gesellschaftlichen Erwartungen stressen:** *Sie müssen nicht zur Babymassage, zum Babyschwimmen und in unzählige Eltern-Kind-Gruppen. Und später muss Ihr Kind ebenso wenig in einen Sport-, Musik- und Kunstverein. Wählen Sie mit Bedacht.*

- **Binden Sie die Großeltern mit ein:** *Die meisten Enkel freuen sich, wenn sie Zeit mit ihren Großeltern verbringen können. Nutzen Sie diese Zeit für sich oder zum Einkaufen und für andere Erledigungen.*

- **Befreien Sie sich von Ihren eigenen Erwartungen:** *Sie müssen nicht immer funktionieren. Setzen Sie sich nicht unter Druck, dass immer alles perfekt funktionieren muss. Sie dürfen Fehler machen und müssen dennoch kein schlechtes Gewissen oder Schuldgefühle haben.*

- **Kaufen Sie online ein:** *Für arbeitende Eltern ist der Wocheneinkauf meist zeitintensiv und nervenaufreibend. Bestellen Sie gelegentlich Lebensmittel online oder lassen Sie sich von regionalen Bauern beliefern.*

- **Aktivieren Sie Ihre Sinne:** *Probieren Sie neue Dinge aus, essen Sie Speisen, die Sie nie vorher gegessen haben. Nutzen Sie ätherische Öle zur Entspannung. Gehen Sie bewusst barfuß oder baden im kühlen Wasser.*

- **Finden Sie Entspannungsrituale für sich:** *Gönnen Sie sich ein heißes Bad, unternehmen Sie etwas mit einem Freund, planen Sie eine Shopping- oder eine Wandertour, kochen Sie gemeinsam mit Ihrem Partner oder schnappen Sie frische Luft auf Ihrem Balkon.*

- **Sorgen Sie für Bewegung und Sport:** *Besonders gut tut Outdoorsport wie Joggen, Radfahren, Schwimmen, Wintersport und Klettern, aber auch Tanzen und Sport auf der Yogamatte wirken ausgleichend. Im Übrigen trägt schon ein kleiner Spaziergang zur Entspannung bei.*

Diese Liste können Sie beliebig erweitern, denn jeder Mensch hat selbstverständlich seine persönlichen Kraftquellen. Sind Sie entspannt, so fällt es auch Ihrem Kind leichter, entspannter und ausgeglichener zu sein. Finden Sie daher für sich heraus, was Ihnen guttut, und achten Sie auf entsprechende Rituale im Alltag. Sie sind dadurch nicht nur selbst entspannter, fühlen sich wohler und haben mehr Geduld, sondern leben Ihrem Kind auch ein entspannteres Leben vor. Das ist ohne Frage sehr viel Wert, da Sie ein gutes Vorbild sind und zeigen, dass es im Leben nicht immer rastlos und hektisch zugehen muss.

Es ist nicht immer einfach für Eltern, wenn ihr Kind hochsensibel ist. Schließlich muss im Alltag vieles angepasst und optimiert werden, damit es dem Kind gut geht. Deshalb sind feste Strukturen und Rituale im Alltag genauso wichtig wie das Verständnis für die Bedürfnisse des Kindes. Lassen Sie sich auf die besonderen Ansprüche ein, die Ihr Kind vielleicht an Kleidung, Essen und an den Alltag im Allgemeinen hat. Mehr zu entschleunigen, für Achtsamkeit und Auszeiten zu sorgen, ist ebenfalls sehr wertvoll und hilft dabei, trotz Hochsensibilität einen geregelten Alltag zu leben. Möchten Sie Ihrem Kind noch besser erklären, warum es anders ist als seine Spielkameraden und andere Kinder? Im nächsten Kapitel finden Sie eine kindgerechte Erklärung für Ihr Kind, die Hochsensibilität genauer erklärt. Schließlich ist es sehr hilfreich, wenn Ihr Kind seine Andersartigkeit versteht.

Hochsensibilität für Kinder

von Kindern erklärt

Für Kinder ist es nicht einfach, die eigene Hochsensibilität zu verstehen. Die Erklärung der Eltern ist oft nicht gut genug nachvollziehbar und verwirrt vielleicht eher, als dass sie tatsächlich hilfreich ist. In diesem Kapitel finden Sie eine kindgerechte Erklärung – von Kindern für andere hochsensible Kinder. Sie können diese Geschichte sehr gut nutzen, um Ihrem Kind die eigenen Besonderheiten besser verständlich zu machen.

Stell Dir einmal vor, dass Benjamin, unser sprechender Kater, Dir die Welt der Hochsensibilität erklärt. Benjamin ist ein ganz roter Kater mit weißen Pfoten und dunkelgrünen Augen. Benjamin wusste schon als kleiner Kater, dass er ein wenig anders ist als seine drei Geschwister. Sie tollen immer herum, spielen manchmal ganz wild und raufen ständig. Das ist Benjamin viel zu viel auf einmal. Doch nicht nur das: Sehr viele Geräusche im Haus und das Gewusel vieler Menschen und seiner Geschwister sowie seiner Mama machen Benjamin unruhig. Er fühlt sich von den vielen Eindrücken überfordert, bekommt ganz schlechte Laune und möchte sich immer verkriechen, wenn es ihm zu viel wird.

Seine Mama möchte ihm und seinen Geschwistern ganz viel beibringen: sich zu putzen, zu fressen, das Klo zu benutzen und natürlich zu jagen! Aber es ist oft so laut und unruhig, dass Benjamin gar nicht mitkommt. Er fände es toll, wenn es beim Unterricht ruhiger wäre und er ein wenig der schönen Musik hören könnte, die seine Menschenmama aus diesem schwarzen Kasten hört. Diese Musik ist immer schön leise und entspannt ganz toll. Doch die komische Musik, die der Menschenpapa anmacht, ist total schlimm und sorgt dafür, dass er beim Unterricht nicht mehr mitkommt.

Benjamin war am Anfang ganz traurig, dass er anders ist als seine Geschwister. Er lernt aber jetzt, was ihm guttut, und legt zwischendurch eine kleine Pause ein, wenn ihm beim Unterricht alles zu viel wird. Nach einem besonders langen Unterrichtstag von der Mama fühlt Benjamin sich schlecht und faucht seine Geschwister schneller an als sonst: „Lasst mich alle in Ruhe!" Aber eine schöne Pause in seiner liebsten Schlafhöhle hilft ihm jedes Mal, um danach wieder ruhig und entspannt zu sein. Ohne seine Schlafhöhle wäre es für Benjamin aber schwierig, denn er kann nicht so leicht mit diesen ständigen Eindrücken und vielen neuen Dingen umgehen. Seine Geschwister können es, aber Benjamin fühlt sich überfordert.

Kuscheln mit seiner Mama und seinen Geschwistern hilft ihm sehr dabei, sich wieder gut zu fühlen. Doch wenn seine Mama ihn für die schlechte Laune ausschimpft, dann wird er richtig wütend und faucht auch sie an. Das mag seine Mama gar nicht und versteht nicht immer, warum Benjamin so sensibel reagiert! Und die schöne Wolldecke mag er auch nicht – sie kratzt ihn nur und er versteht nicht, was seine Geschwister daran mögen. Dann riecht das Essen der Menschen manchmal so toll – und dann wird ihm bei anderem Essen wie bei diesem komischen Hackbraten immer schlecht. Überhaupt riecht Benjamin noch besser als andere Katzen und hört und sieht alles besonders gut. Oft behauptet seine Mama, dass er sich alles einbildet und bei Schmerzen direkt übertreibt. Doch der Hieb von Max, seinem frechen Bruder, hat furchtbar wehgetan!

Benjamin spürt sehr schnell, wenn es seinen Geschwistern oder seinen Menscheneltern nicht gut geht. Wenn alle um ihn herum streiten, dann wird es schlimm und Benjamin zieht sich zurück, weil so viele schlechte Schwingungen in der Luft hängen. Komisch, dass seine Geschwister das gar nicht richtig merken und entspannt weiterdösen! Aber alle erzählen Benjamin von ihren Sorgen, weil er gern zuhört, schnurrt oder beruhigend wirkt – damit ist er schnell zum Liebling der Menschen geworden. Nur wenn sie sagen, dass er etwas nicht darf, oder die Stimme erheben, weil er auf dem Tisch saß, fühlt er sich sehr schlecht. Warum können sie ihm das nicht ganz normal sagen, das ist doch viel besser.

Benjamin wird zum großen stolzen Kater und hat gelernt, dass er manchmal einfach ganz für sich allein sein muss. Er möchte gar nicht hinter jeder Staubfluse, hinter allen Spielzeugen oder Mäusen hinterherrennen, die es gibt. Auch der Fernseher der Menschen ist oft zu laut und zeigt so viele Bilder – da bleibt er lieber in seiner Schlafecke, die so schön ruhig ist. Benjamin kommt gern zum Schmusen mit den Menschen hinaus, doch auch hier ist es ihm manchmal zu viel. Wie schön, dass seine Menschen ihn verstehen und in Ruhe lassen, wenn er protestierend mauzt! Benjamin liebt sein Leben und genießt schöne Momente, tolle Gerüche, weiche Stoffe und sein Trockenfutter, welches bitte niemals ausgewechselt werden darf. Er hat lange gebraucht, um zu verstehen, dass er zwar anders als seine Geschwister, aber dennoch ein toller, stolzer und vor allem glücklicher Kater ist.

Selbst wenn ihn andere nicht immer sofort verstehen oder die Welt mit anderen Augen sehen, liebt er es doch, er selbst zu sein, und seine Mama freut sich ebenfalls über ihren Sohn, der mehr sieht, fühlt und riecht als sie selbst!

Bonus: Hochsensible Kinder und Essen

Häufig ein hochsensibles Thema

Das Thema „Essen" ist bei hochsensiblen Kindern in vielen Fällen ein sehr schwieriges Thema. Zu scharf, zu bitter, zu sauer und viele weitere Aussagen können Eltern manchmal regelrecht in die Verzweiflung treiben. Zuvor haben Sie bereits erfahren, welche Besonderheiten bei vielen Kindern bezüglich des Essens auftreten können. Es hilft nichts, wenn Sie versuchen, Ihrem Kind etwas aufzuzwingen oder mit veralteten Methoden arbeiten, die besagen, dass alles gegessen werden muss, was serviert wird. Erwachsene können sich im besten Fall schließlich auch für oder gegen Gerichte oder einzelne Lebensmittel entscheiden. Dieses Recht benötigen gerade hochsensible Kinder ebenfalls für sich. Übrigens sind die folgenden Rezeptvorschläge alle ohne Fleisch, Fisch oder Meeresfrüchte gestaltet, da viele hochsensible Kinder (und Erwachsene!) diese Lebensmittel ablehnen. Die vegetarische oder vegane Lebensweise ist daher weit verbreitet bei Hochsensiblen.

An dieser Stelle finden Sie fünf leckere und gesunde Rezepte für hochsensible Kinder:

Einfache Nudelpuffer

Zubereitungszeit: etwa 20 Minuten
Zutaten für 4 Personen:

250 Gramm Spaghetti (ohne Ei)

3 EL Quark

2 Eier

1 Packung Vanillezucker

2 EL Zucker (oder weniger)

1 EL Speisestärke

2 EL Öl

1 Prise Salz

Zubereitung:

1. *Garen Sie erst die Spaghetti nach Packungsanweisung bissfest.*
2. *In einer Schüssel gründlich mit Quark, Eiern, beiden Zuckersorten, Salz und Speisestärke vermischen.*
3. *Öl in einer großen beschichteten Pfanne erhitzen, mit zwei Löffeln die Nudeln zu Puffern formen und von beiden Seiten anbraten.*
4. *Vor dem Servieren auskühlen und auf einem Stück Küchenkrepp abtropfen lassen.*

Tipp: *Es bietet sich an, die Nudelpuffer mit Apfelmus zu servieren. Allerdings mögen das bei weitem nicht alle hochsensiblen Kinder aufgrund der Konsistenz. Falls Apfelmus abgelehnt wird, können Sie die Nudelpuffer einfach so servieren – sehr viele hochsensible Kinder können sich mit diesem Gericht anfreunden.*

Nudeln mit Möhren und Frischkäse

Zubereitungszeit: etwa 15 Minuten

Zutaten für 4 Personen:

400 Gramm Hörnchennudeln

600 Gramm Möhren

200 Gramm Frischkäse (Doppelrahmstufe)

300 ML Milch

1 mittelgroße Zwiebel (optional)

1 Bund Petersilie (optional)

1 Prise Salz

1 EL Butter

Zubereitung:

1. *Nudeln in Salzwasser bissfest kochen.*
2. *Währenddessen die Zwiebel sehr fein würfeln, die Möhren in feine Stifte schneiden und die Petersilie hacken.*
3. *Butter in einer großen Pfanne erhitzen und die Zwiebel darin für 2 Minuten anbraten.*
4. *Möhren dazugeben, für weitere 5 Minuten anbraten und dann Frischkäse, Petersilie, Salz und Milch unterrühren. Alles kurz aufkochen lassen und vor dem Servieren mit den Nudeln vermischen.*

Tipp: *Es ist möglich, dass Ihr Kind Zwiebeln oder Petersilie ablehnt. Da dies nicht bei jedem hochsensiblen Kind der Fall ist, wurden diese Zutaten als optional angegeben. Natürlich können Sie auch einfach die Nudeln nur mit Möhren und Frischkäse servieren.*

Bunte vegetarische Paella

Zubereitungszeit: etwa 30 Minuten

Zutaten für 3 Personen:

120 Gramm Reis	*½ rote Paprika*
100 Gramm Erbsen, TK	*1 kleine Zwiebel*
etwa 300 ML Wasser	*1 Möhre*
100 Gramm Mais	*2 EL Öl*
1 Tomate	*etwas Salz sowie Basilikum nach Geschmack*

Zubereitung:

1. *Hacken Sie die Zwiebel sehr fein und dünsten Sie die Zwiebelwürfel im Anschluss im Öl in einer großen Pfanne glasig an.*
2. *Tomate mit kochendem Wasser überbrühen, häuten und genau wie die Möhre und die Paprika in Würfel schneiden.*
3. *Gemüse mit in die Pfanne geben, Reis und erst einmal 250 ML Wasser unterrühren. Mit geschlossenem Deckel bei geringer Temperatur für rund 30 Minuten garen. Zwischendurch umrühren und bei Bedarf Wasser nachgießen.*
4. *Ein klein wenig Salz hinzugeben und mit frischem Basilikum, falls dieses akzeptiert wird, servieren.*

Tipp: *Das sehr variable Rezept kann so abgewandelt werden, dass sicherlich auch Ihr Kind es gern mag. Entscheidend ist hier wieder der größtmögliche Verzicht auf Gewürze, damit die Paella nicht als unangenehm empfunden wird. Sollte eine Gemüsesorte gar nicht akzeptiert werden, wird diese ausgetauscht oder einfach weggelassen.*

Kartoffelstäbchen mit verstecktem Gemüse

Zubereitungszeit: etwa 40 Minuten
Zutaten für 3 Personen:

500 Gramm Kartoffeln

100 Gramm geriebener Mozzarella

100 Gramm Erbsen, TK

2 Eier

2 Möhren

eventuell etwas Petersilie

1 Prise Salz

2 EL Öl

Zubereitung:

1. *Kartoffeln in Salzwasser für 20 Minuten kochen lassen, bis sie gar sind.*
2. *Möhren schälen und reiben, Petersilie ganz fein hacken und die Erbsen auftauen lassen. Kartoffeln pellen und ebenfalls reiben.*
3. *Alles mit Eiern und Mozzarella sowie einer Prise Salz vermischen. Stäbchen aus der Masse formen und in einer großen beschichteten Pfanne rundherum anbraten.*

Tipp: *Viele Kinder helfen bei der Zubereitung dieses Gerichts gern mit. Das gilt nicht immer für hochsensible Kinder, sodass Sie Ihr Kind selbst entscheiden lassen sollten, ob es helfen möchte oder nicht. Außerdem ist es hier wichtig, dass die Stäbchen nicht zu knusprig werden und eher lauwarm serviert werden.*

veganer Zebra-Bananen-Kuchen ohne Zucker

Zubereitungszeit: etwa 40 Minuten

Zutaten für 1 Springform (Ø 20 cm):

3 große sehr reife Bananen

200 Gramm Dinkelvollkornmehl

150 Gramm zuckerfreies Apfelmus (im Idealfall selbstgemacht)

100 ML Hafermilch

1 EL Backkakao

2 TL Backpulver

1 EL Kokosöl

etwas Zimt (optional)

1 Prise Salz

Zubereitung:

1. *Bananen fein pürieren und mit Hafermilch, Apfelmus und Kokosöl verrühren.*
2. *In einer separaten Schüssel Backpulver, Salz, Zimt und Mehl vermischen und langsam unter den Teig rühren.*
3. *Teig aufteilen und unter die eine Hälfte den Backkakao mischen. Eventuell noch einen zusätzlichen Esslöffel Hafermilch unter den Schokoteig rühren, damit dieser nicht zu trocken wird.*
4. *Springform einfetten oder mit Backpapier auslegen. Beide Teigteile abwechselnd in die Form geben, damit ein Zebra-Marmor-Muster entsteht.*
5. *Im Backofen bei 175 Grad für etwa 35 Minuten backen lassen und per Stäbchenprobe testen, ob der Bananenkuchen durch ist. Dann abkühlen lassen und in Stücke geschnitten servieren.*

Tipp: *Je nach Geschmack und Vorliebe Ihres Kindes können Sie den Bananenkuchen noch mit einem leichten Frosting überziehen. Mischen Sie dafür einfach 200 Gramm Doppelrahmfrischkäse beziehungsweise eine vegane Alternative mit 2 bis 3 Löffeln Apfelmus und überziehen Sie den Kuchen damit. Da es sich um einen sehr natürlichen und zuckerfreien sowie veganen Kuchen handelt, eignet sich die gesunde Leckerei bereits für sehr junge hochsensible Kinder.*

Sie haben sicherlich gemerkt, dass die Rezepte fast ungewürzt sind und sich ein wenig von klassischen Kinderrezepten unterscheiden. Das ist bewusst so gewählt, da diese Rezepte extra auf die besonderen Ansprüche von hochsensiblen Kindern ausgerichtet sind. Versuchen Sie einmal, ob Ihr Kind diese Gerichte mag, und achten Sie ansonsten auf seine Vorlieben und Abneigungen. Dadurch fällt es Ihnen sowie Ihrem Kind im Familienalltag definitiv leichter, ruhig zu essen und sich nicht stressen zu lassen. Es kann sein, dass einige Zutaten oder Gerichte abgelehnt werden, obwohl diese sehr neutral schmecken. Das kann daran liegen, dass Ihrem Kind die Konsistenz nicht gefällt, das Aussehen es nicht anspricht oder das Gericht gerade doch zu heiß oder zu kalt ist. Sicherlich ist in solchen Fällen recht viel Geduld erforderlich, doch es lohnt sich, da Sie so herausfinden, was Ihr Kind tatsächlich mag und was es ablehnt. Wie bei den vorgestellten Gerichten können Sie versuchen, die eine oder andere Gemüsesorte einzubauen, wenn diese von Ihrem Kind angenommen wird. Ganz wichtig ist auf jeden Fall, dass Sie sehr vorsichtig mit sämtlichen Gewürzen sind. Selbst wenn das Essen dann für Sie selbst manchmal regelrecht geschmacklos ist – für hochsensible Kinder sind solche Gerichte im Normalfall genau richtig.

Fazit

Entgegen vieler Meinungen handelt es sich bei der Hochsensibilität nicht um eine Krankheit, sondern um eine Charaktereigenschaft. Es geht dabei um besondere Bedürfnisse von Kindern (und Erwachsenen), die berücksichtigt werden sollten, um eine möglichst harmonische Beziehung zu ermöglichen. Je eher die Hochsensibilität erkannt wird, desto leichter ist es für betroffene Kinder, harmonisch und ihren Bedürfnissen gemäß aufzuwachsen.

Für Eltern ist es mit besonderen Anforderungen verbunden, auf die hochsensiblen Kinder einzugehen. Hilfreich sind vor allem feste Rituale und Routinen im Alltag, die vor allem die Zeiten nach dem Aufstehen und vor dem Schlafengehen berücksichtigen. Wenn Sie sich darauf einlassen, dass Ihr Kind besondere Bedürfnisse hat und länger für Veränderungen braucht als andere, dann können Sie entsprechend handeln. Vor allem der Übergang von Zuhause in den Kindergarten sowie später in die Schule erfordern große Umsicht.

Weitere spezielle Themen bei hochsensiblen Kindern sind die Körperpflege, die Kleidung sowie das Essverhalten. In diesem

Buch haben Sie Anregungen gefunden, wie Sie mit diesen problematischen Aspekten umgehen können. Wichtig ist, dass hochsensible Kinder und Teenager lernen zu wissen, was sie brauchen. Außerdem spielt es eine große Rolle, dass nicht fälschlicherweise die Diagnose Autismus oder AD(H)S gestellt wird. In diesem Buch haben Sie die Gemeinsamkeiten und Unterschiede zwischen der Hochsensibilität und den genannten Entwicklungsstörungen gefunden, um Irrtümer ausschließen zu können. Hochsensibilität ist viel weiter verbreitet, als oft angenommen wird.

Als Eltern ist es essenziell, diese spezielle Charaktereigenschaft zu erkennen, anzunehmen und Verständnis zu zeigen. Bieten Sie Ihrem Kind eine liebevolle, harmonische Umgebung und lassen Sie ihm zudem genug Raum für Auszeiten. Durch eine entsprechende Förderung und das Annehmen der Bedürfnisse Ihres Kindes schaffen Sie ohne Frage die besten Voraussetzungen für ein starkes Selbstbewusstsein und beugen späteren Schwierigkeiten im Alltag vor.

Ich hoffe, dass Sie aus diesem Ratgeber viele hilfreiche Informationen mitnehmen konnten, die Ihrem Kind ebenso wie dem Leben in der Familie allgemein helfen können. Durch eine kindgerechte Erklärung, was mit Hochsensibilität überhaupt gemeint ist und welche Auswirkungen diese hat, können Sie zudem Ihr Kind stärken. Das Gefühl, anders zu sein als andere Kinder, muss somit nicht als etwas Schlechtes empfunden werden.

Printed in Poland
by Amazon Fulfillment
Poland Sp. z o.o., Wrocław

92298459R00083